AF579755

Las locazas

Juan Carlos Sanz Valdivia

Editado por: Corporación Ígneo, S.A.C.
para su sello editorial Ediquid
José Olaya 169, Ofic. 504, Miraflores. Lima, Perú
Primera edición, noviembre, 2024

ISBN: 978-612-5184-05-4
Tiraje: 50 ejemplares

Hecho el Depósito Legal en la Biblioteca Nacional del Perú N° 2024-11458
Se terminó de imprimir en noviembre de 2024 en:
ALEPH IMPRESIONES SRL
Jr. Risso Nro. 580 Lince, Lima

www.grupoigneo.com
Correo electrónico: contacto@grupoigneo.com | Teléfono: +51 955 071 270
Facebook: Grupo Ígneo | X: @editorialigneo | Instagram: @grupoigneo

Colección: Nuevas Voces

Contenido

A mi padre Abraham Sanz Barriga, por haber sido mi héroe, por siempre llevarme de la mano y darme todo lo que necesité para ser lo que soy.

Prólogo

Quizás el nombre puede confundir un poco, pero en realidad no es una novela acerca de gais o un par de mujeres locas. Ojo, no tengo nada en contra de los gais o de las mujeres locas, tan solo no trata de eso. Esta es una novela que trata un poco de mi vida o quizás de cómo hubiera querido que fuera o, de repente, de cómo no quisiera que fuera. Ya se darán cuenta de dónde sale el nombre durante el transcurso de este viaje por mi niñez, adolescencia y adultez.

Hay muchas personas que se arrepienten de todo lo que les ha pasado. Sé que a veces es difícil no hacerlo. Es decir, si un día sacaste diez mil soles del banco y, al salir, te asaltaron, es obvio que te arrepientes por haber sacado tanto dinero, ¿no hubiera sido mejor pedir un cheque? O si un día decidiste que ibas a serle infiel a tu novia y justo elegiste una discoteca en donde estaba celebrando su hermano el onomástico; después de un ojo morado y de que la novia marcara en tu carro con aerosol las palabras «basura, te odio», obviamente que también terminas arrepentido, ¿no? Y quizás también si un día fuiste a una discoteca a hacerte el galán y terminaste en tu cama con otra persona (que, por desgracia, no fue del sexo que hubieras elegido «si hubieras estado sano»). Bueno, en este último sí creo que me excedí, de esto sí me arrepentiría y bastante.

En fin, el punto es que cada cosa nos enseña algo, menos en el último caso, que ahí sí te jodiste. Pero volviendo al tema: cada cosa en realidad te enseña y te ayuda a ser mejor persona, siempre y cuando seas inteligente y le saques provecho a cada enseñanza, como es obvio. Si no lo eres, cometerás una y otra vez tu error y de eso no se trata el crecer.

En realidad, de esto se trata la vida: de vivirla. Esto me hace recordar a una gran literaria peruana, cuya frase célebre decía: «vive la vida y no dejes que la vida te viva». Creo que ella no sabía lo que significa, pero quiero pensar que significa: vive tu vida lo mejor que puedas, cáete, párate, ríe, llora, pero lo más importante es que no dejes de atreverte. Haz lo que pienses que en ese momento está bien. Después quizás te des cuenta de que la cagaste hasta el fondo, pero en ese momento fue lo mejor que pudiste hacer y para la siguiente ya sabrás cómo proceder.

He vivido muchas cosas, tanto lindas como feas, y espero que me queden muchas por vivir. A cada cosa siempre le saqué el lado positivo y siempre he creído en la frase que me inculcaron mis padres: «las cosas pasan por algo». Y esto, a decir verdad, es del todo cierto.

No piensen que este libro es solo para hombres. Créanme que las mujeres le sacarán mucho provecho, ya que van a poder entender muchas cosas que nosotros decimos o hablamos, hasta las mentiras más típicas que usamos, aunque lo más seguro es que ustedes sí las saben, pero a veces prefieren no querer saberlas.

Bienvenidos a un viaje por mi mundo, un mundo por el que pasan todos ustedes, hombres y mujeres. Quizás no se dan cuenta, pero todos vivimos este mismo viaje de aventuras, sueños, amores, tristezas y alegrías, aunque en este caso prefiero contar estas aventuras con un lado de comedia. Total, siempre hay que reírnos de nuestros errores, ¿no?

Capítulo 1: Mi niñez

Viví en una provincia al sur de Perú llamada Ilo. En realidad, experimenté todo lo típico de una familia de clase media: tuve que ir a un colegio nacional porque, claro, el dinero no daba para más, pero dentro de todo bien. Vivíamos en una casa; gracias a Dios, en esos tiempos no era tan caro construir y mi padre se rompió el lomo para hacer nuestra casa, humilde, pero nuestra. Yo compartía el cuarto con mi hermano, mayor por seis años mayor, y mi hermana, mayor por tres, que sí tenía su propio cuarto. Mi madre era la del genio más fuerte, vaya que sí le tenía miedo; mi padre, por otro lado, era más tranquilo, pocas veces se enojaba, pero cuando lo hacía era mejor desaparecer. Gracias a él aprendí a correr muy bien.

Desde que tengo uso de razón tenía un amigo que vivía al lado de mi casa, cuyos papás eran artesanos y tenían un pequeño taller dentro del hogar. El gran Gino. Mi amigo Gino ayudaba a sus papás y, bueno, yo lo ayudaba a él en algunas cosas, pues era divertido, y nos gustaba jugar dentro de su taller. Esta es la parte de la que más me acuerdo: llegar del colegio, almorzar, hacer con rapidez las tareas y salir a jugar con él. En ese tiempo no pensaba en el sexo opuesto y, por tanto, toda mi energía la dedicaba a jugar y a hacer muchas travesuras, aunque pocas, porque éramos bastante tranquilos.

Mi niñez fue algo típica y, en ese tiempo, yo era un muchachito muy tranquilo: estudiaba mucho, le hacía caso a mis padres; en fin, era todo un ñoño.

Algo que recuerdo muy bien fue cuando nos nació el espíritu de empresarios y empezamos a fabricar algunas macetas para vendérselas a un vecino que era farmacéutico. Con lo que ganáramos nos íbamos a comprar unas escopetas de juguete que lanzaban perdigones, yo ya me imaginaba cazando palomas o rompiendo algunos vidrios de los vecinos que nos caían mal, de verdad me gustaba mucho la idea. Pero no todo te sale bien cuando formas tu empresa, ¿verdad?

Lo primero que nos pasó es que no sabíamos que el farmacéutico era el hombre más tacaño de este mundo. Creo que en ese momento entendí por qué tenía tanto dinero, para mí que en la iglesia daba limosna con una moneda amarrada a un hilo para poder recuperarla.

Bueno, una vez terminadas las macetas comenzamos la negociación con este señor y, lamentablemente, el pago lo acordamos de palabra. No entendimos que el precio que nosotros íbamos a cobrar por unidad él lo entendía como el pago total.

Creo que se quiso pasar de vivo y lo logró. El farmacéutico se negó a pagar el precio que creímos pactado y nos estuvo contando historias de cómo él logró tener tanto dinero y que a nuestra edad él no cobraba por sus trabajos porque lo hacía para hacerse conocido, etc., etc. Fueron dos horas de puro palabreo aburrido.

Como es obvio, durante todo el discurso lo único que pensaba, y estoy seguro de que Gino también, era: «eres un batracio egoísta y mal nacido, tacaño de porquería, ojalá que los perros de la cuadra te muerdan y te quiten esa risa de estúpido», entre otras cosas. Créanme que hubo mucho tiempo para echar a correr mi léxico lisuriento y ofensivo. Pero, señores y señoras, ya habíamos fabricado estas macetas y, bueno, una cuarta parte era peor que nada, así que, después de una sonrisa hipócrita y un apretón de manos poco sincero (felizmente logré escupir mi mano cuando entré al baño, aliviando un poco mi rencor), salimos con veinte soles, con lo cual solo podíamos comprarnos una escopeta.

Como todo niño, acordamos que le contaríamos al padre de Gino para ver si podía hacer entrar en razón a nuestro bien tacaño vecino, y así lo hicimos. Le relatamos una hermosa historia de cómo habíamos hecho las macetas (bueno... más mi amigo Gino que yo). Nos esmeramos en los detalles y, por un momento, vi en los ojos del padre de Gino una luz. Estaba seguro de que nos entendió y que entendía que lo que exigíamos era algo muy justo. Al final, una vez terminada nuestra extensa historia, nos miró a los ojos y nos dijo:

—Gino, tú no puedes disponer así no más del dinero. Tú me ayudas en el trabajo y, a cambio de eso, yo te daré cuanto crea que necesites.

Fue muy triste cómo ese dinero fue a parar a los bolsillos del papá de mi amigo, y así culminó todo sueño de tener una escopeta de perdigones. Fuimos por lana y salimos recontra trasquilados. Resultó que el papá de mi amigo era aún más tacaño que el farmacéutico. Una mierda el viejo, ¿no? ¿Cómo nos pudo quitar nuestra primera ganancia? En fin, a seguir con nuestra vida.

Bueno, pasemos a algo más interesante: mi primera experiencia con las niñas. Yo fui siempre un niño muy estudioso, bastante responsable y también algo cojudo para hablarle a las niñas o para tratar de tener mi primera experiencia de amor. Hasta ese entonces mi mejor experiencia con una mujer era haberle visto los tobillos a mi prima.

A los nueve años cualquier madre del mundo estaría muy orgullosa de tener un hijo como yo. Mi comportamiento era impecable, un niño que siempre andaba bien vestidito con su peinado de costado (mi madre siempre se preocupaba de que mi peinado sea perfecto).

En fin, era un niño modelo hasta un 8 de octubre de 1988, cómo me acuerdo de ese día. En esa fecha salimos mi mamá, mi papá, mis hermanos y yo a visitar al mejor amigo de mi papá, quien tenía un hijo y dos hijas. Los tres hermanos eran casi de nuestra edad, pero la verdad a mí no me gustaba jugar con la niña, Flor, que era como dos años mayor que yo. Mi hermano jugaba con el hijo mayor del amigo de mi papá, mi hermana con su hija, y yo siempre me quedaba con mi mamá o mi papá.

Ese día todo pasó como siempre: mis hermanos se ponían a jugar con ellos y yo me quedaba con mi mamá, todo un nerd, ese era yo. Mi madre quería que fuera más sociable y ese día se le dio por comenzar su capacitación en sociabilidad. Me dijo:

—Juan Carlitos, ¿por qué no vas a jugar con Florcita? Nosotros estamos hablando cosas de grandes.

La verdad es que no quería hacerlo, pero cuando mi mamá te levantaba la ceja, solo una, tenías que hacerle caso. Flor de inmediato me agarró la mano y dijo:

—Vamos a jugar —y me llevó a su cuarto.

Yo en ese entonces era de verdad muy inocente. Si tú me decías que por comer semillas de la fruta me crecerían plantas en el estómago, te iba a creer. En fin, yo tenía mi cara de poto, pues de verdad que mi cara se transformaba en un poto cuando algo no me gustaba, porque en realidad no quería estar ahí y esta niña era muy conversadora. Me preguntaba de todo y yo ni caso le hacía, hasta que me preguntó:

—¿Has visto alguna vez a una mujer desnuda?

Yo estaba con la boca llena de una limonada que me compraron y con la pregunta, por supuesto, la escupí toda.

—¿Qué has dicho? —le dije.

Ella me volvió a hacer la misma pregunta y yo le respondí ofendido:

—Claro que no, ¿estás loca?

Creo que esa vez fue la primera en que escuché las palabras «mujer» y «desnuda» juntas. Por supuesto, no esperaba que esas palabras salieran de una niña casi de mi edad y menos así de la nada. Ella me miró a los ojos y me dijo:

—Pero, ¿qué tiene? ¿Le ves algo de malo? Mira, no tiene nada de malo.

Oh, por Dios... Me quedé mudo por completo y no sabía si llorar, reírme, emocionarme o frustrarme, salir corriendo a contarle a mi mamá o agradecer mi muy buena suerte.

Decidí quedarme y apreciar cómo esa niña se quitaba el vestido para mostrarme su cuerpo. La verdad no sé por qué lo hizo, de repente era más nerd que yo y quería demostrarme que le gustaba o quizá vio a su mamá con su papá. No lo sé, pero para serles sinceros me comenzó a gustar y mucho. Creo que pensé en casarme, quizás que la quería mucho o de repente que la amaba, todas las cojudeces que uno piensa a esa edad, ¿no? Me sentí en el cielo y de verdad me enamoré de ella.

Todo era tan lindo, tan mágico. No podía creer la suerte que tenía hasta que, de repente, se abrió la puerta del cuarto y a que no saben quién era... Es correcto: era mi madre. Es curioso cómo, cuando estás a punto de morir, piensas en toda tu vida. Bueno, en realidad eran solo nueve años, pero igual, en segundos, me acordé del perro Toby que tuve en mi infancia, mis amigos, mi colegio, lo lejos que hubiera llegado si no hubiera ido ese día al cuarto de Flor, en fin...

Mi mamá pegó un grito que estoy seguro escuchó todo el vecindario. Flor agarró su vestido y trató de taparse. Yo no entendía qué estaba pasando o, mejor dicho, no sabía cómo mierda me había metido en tremendo problema. Yo no tenía la culpa, era inocente, pero en la cárcel hay muchas personas que son inocentes, ¿no? Al poco rato llegó mi papá, la mamá de Flor, el papá, los hermanos, mis hermanos, la empleada y los dos perros que había en la casa.

—¿Ustedes qué pensarían? —es correcto, todo el mundo pensó que yo era el depravado. Mi madre me jaló del brazo, no sé cómo no me lo arrancó, y le dijo a mi papá—: Abraham, nos vamos.

Mi padre, como es obvio, no quería irse porque estaba tomando unas chelas con su mejor amigo, pero cuando las mujeres dicen algo... es mejor hacerles caso.

—Abraham, dije que nos vamos —volvió a decir mi mamá y mi padre le dio una respuesta inteligente:

—Está bien, amor, vámonos.

Mi papá llevó a un lado a su amigo y, aunque habló despacio, yo alcancé a escuchar:

—Disculpa, compadre, ¿te acuerdas que una vez te agarraste a mi ex? Bueno, digamos que estamos a mano —y sonrió.

Claro, a su amigo no le pareció muy gracioso. Llegamos a la casa y mi madre me dijo hasta de lo que me iba a morir, pero en un momento me armé de valor y pronuncié mi primer gran discurso:

—Mamá, estás siendo muy injusta conmigo. Yo no quería ir a jugar con Flor, ¿recuerdas? Yo no hice nada, ella se quitó el vestido, quién sabe por qué. Tú sabes que soy muy responsable y respetuoso, tengo las mejores notas del salón y siempre te he hecho sentir orgullosa con mi comportamiento, tanto en la casa como en el colegio. ¿O acaso no sabes lo que has criado?

Y, señores, dije las palabras mágicas. Un Óscar para Juan Carlitos. Mi mamá me miró y me dijo:

—Está bien, hijo, te creo, pero ya no quiero que vuelvas a jugar con Flor.

Mi papá, por otro lado, no lo había tomado tan mal. Al contrario, me llevó a un costado y me dijo:

—Ese es mi hijo. Yo también empecé temprano, hijo, y después me volví un gran pendejo. Bueno, hasta que conocí a tu madre y me dijo que si me portaba mal me mataría, así que, bueno... por las buenas cualquiera entiende.

No sabía si reírme o enojarme, así que no dije nada y me fui a mi cuarto. Era suficiente por ese día.

Capítulo 2: Mi adolescencia 1 (monse)

Como les conté en el capítulo pasado, mi niñez no fue tan interesante que digamos, pero mi adolescencia fue lo máximo. Bueno, en realidad no tanto. Es más, fue aburrida también, pero hubo partes muy interesantes, así que mejor pasaré a esas.

Ustedes dirán: «Qué aburrido este pata, ¿no?». Es decir, no iba a fiestas, no le gustaban las chicas, ¿o qué onda? Pero hay una explicación para todo esto. Se darán cuenta de por qué le puse a este capítulo «mi adolescencia monse».

Creo que mi adolescencia empezó a los once años, justo cuando terminé la primaria. Lamentablemente, al pasar a la secundaria tenía que cambiarme de colegio y así fue. Mis padres me pusieron en un colegio mixto, donde también estudiaban mis hermanos, y para un adolescente dando sus primeros pasos un colegio mixto es lo mejor.

A los once años yo era un púber muy tímido, no había desarrollado muy bien mis habilidades de comunicación hacia el sexo opuesto, así que al empezar el colegio mi comunicación era más con mis amigos. A las chicas... bueno, a las justas sí las miraba. Yo era la persona más enamoradiza de este mundo, tuve muchos amores platónicos. Claro, ellas no sabían que existía y creo que ya era el momento de cambiar eso.

En mi clase no había alguna chica que me gustara, pero en la sección A había una linda que me hizo pensar otra vez en matrimonio, tener hijos, etcétera, etcétera. Se llamaba Sofía. Como les dije, a esa edad era imposible que yo me acercara a una chica y al menos le dijera «hola», pero bueno, a veces las oportunidades se presentan y llegó la hora de poner a prueba mi temple.

En el aniversario del colegio hubo una fiesta, en la noche, a donde fuimos con todos los amigos, puros hombres, y ahí estaba ella. Si en el colegio me había enamorado, ese día me hipnotizó. ¡Una diosa! Estaba en verdad muy hermosa. La vi con una compañera de clases a la que nunca le había hablado, creo que se llamaba Milagros y al parecer eran buenas amigas.

Está bien, señores, sé lo que están pensando: ahora el más interesado va a querer ser amigo de su compañera para acercarse a Sofía. Pues déjenme decirles que yo no era ni soy ese tipo de persona, pero estaba enamorado, ¿lo entienden? Era mi musa inspiradora, era mi sol, mi todo, así que ¡sí lo hice!

Mi compañera se me quedó mirando y yo me armé de valor, me acerqué, le dije «¡hola!» y sonreí. Mi vocabulario cuando me acercaba a una chica se limitaba a «hola» y «chau», y era aún más limitado si tenía a su costado a la chica de mis sueños. Milagros fue muy amable y de inmediato sonrió también. Me comenzó a hablar y me presentó a mi Sofi. Le di un beso en la mejilla y me sentí por las nubes. Todas las luces se apagaron, solo había una que iluminaba a Sofía y a mí. Éramos el centro del mundo, no existía más. Mis ojos obviamente se desviaron hacia mi Sofi y mi compañera quedó relegada; creo que fui demasiado obvio. Sofi también fue amable y me correspondió la sonrisa. Estuvimos juntos toda la noche. Ojo, toda la noche cuando era adolescente significaba hasta las 10:00 p. m.

En un momento mi compañera se fue a conversar con otros amigos y dije: «este es el momento de decirle que me gusta, que no puedo vivir sin ella, que los colores son grises si ella no está a mi lado, que deseo casarme y ponerle Sofía a nuestra primera hija», etcétera, etcétera. Era todo un intensito. Y cuando estaba a punto de hablar, ella interrumpió y me dijo:

—Quiero decirte algo...

Y yo dije: «oh, no, ella también siente lo mismo, soy correspondido, qué dichoso soy». Me sentí el hombre más feliz de este mundo. Me quedé viéndola de manera fija, miraba cómo empezaban a moverse sus labios y cómo se iban formando palabras a través de esa hermosa voz. Ella me dijo:

—No sé qué vas a pensar, pero quiero contarte algo.

Yo subí más allá de las nubes.

—Pues... quiero contarte que le gustas mucho a mi amiga.

Y se jodió todo. Las luces se encendieron y me saqué la mierda desde las nubes hasta el piso. A esa edad es más fácil lidiar con las decepciones amorosas, pero en ese momento me sentí destrozado. Solo me quedó sonreír y llorar por dentro. Uno debe tener orgullo, ¿no? Así que le dije:

—Gracias, pero en realidad a mí me gusta otra persona.

Traté de que se diera cuenta que era ella y creo que no lo hice muy bien, porque la sonrisa se le fue. Me dijo «¡hombres!» y se fue. O sea, ni siquiera mi amiga.

En fin, recién comenzaban mis experiencias amorosas y a seguir adelante no más. Lo que no sabía es que terminando el año mis padres se mudarían a otra ciudad y me cambiarían a un colegio de hombres, pero en ese momento, para mi felicidad, tenía esperanzas de un mejor porvenir amoroso.

La vida te va enseñando y como parte de esa enseñanza estaba a punto de aprender una gran lección. A los meses de mi anterior experiencia, otra chica atrajo mi atención. Se llamaba Rosa, era algo mayor para estar en el mismo año escolar que yo. Por ahí decían que había repetido dos años y que este era su segundo año en primero de secundaria. Otros decían que su papá era militar y durante un tiempo tuvieron que estar en un campamento donde era difícil acceder a una buena educación. Una amiga me dijo que había estado presa y ahí había perdido dos años. En fin, mi generación era muy imaginativa. Prefiero pensar en la segunda opción, pero en ese momento no importaba si ella no sabía escribir o multiplicar con la tabla del uno, simplemente era bonita y punto.

Ustedes dirán que era muy superficial, ¿no? Pero, señores, les aclaro que era un púber con el 90 % del cerebro lleno de hormonas. Habiendo explicado mi superficialidad de ese entonces, les cuento que esta niña, al tener dos años más que mis demás compañeras, estaba mucho más desarrollada. Repito, *mucho más desarrollada*. Además, era muy bien parecida, dos virtudes muy interesantes para los chicos de mi edad.

Rosita no estaba en la misma sección que yo, pero su hermano sí y gracias a él me acerqué a ella. Al principio ella no me daba mucha pelota, pero poco a poco le fui cayendo bien hasta que empezó a interesarse y me sentí como el Fonsi de mi colegio. Qué fascinante era que la chica que llamaba la atención de todos los hombres de mi año estuviera interesada en mí. Era un sueño hecho realidad, de verdad que era un gran sueño hecho realidad. Y así empezó nuestra relación. Los compañeros empezaron a darse cuenta de que andábamos juntos y me decían:

—¿Es verdad que estás con Rosa?

«Estar», esta palabra en ese entonces no la entendía muy bien. Yo creía que «estar» era andar juntos por ahí, agarrarse las manos y mirarse mucho. Qué baboso, ¿no? Por desgracia, mis padres todavía no me habían explicado la famosa charla de la cigüeña. En ese entonces pensaba que las mujeres tenían hijos por un beso y, claro está, yo todavía no quería ser padre. Por lo tanto, para mí los besos en la boca eran ligas mayores, era la cumbre del iceberg, señores. Nuestra relación se basó en agarraditas de las manos y muchos cariñitos por ahí. ¡Oh, qué lindos, ¿no?! Par de babocitos cursis.

Los recreos en el colegio eran algo sagrados. Todos los púber nos íbamos a jugar fútbol o a algún juego inventado por nosotros que involucraba patear y sudar bastante, pero eso se acabó cuando empecé con Rosita. A ella le gustaba andar conmigo y a mí también, pero me empezó a acosar mucho.

Yo salía corriendo a jugar apenas sonaba el timbre del recreo. Empezábamos a patear, a sudar, todos unos machos alfa pelo en pecho (pelo en pecho es decir mucho, ya que a esa edad a las justas teníamos un par de pelos por barba). Éramos unos cavernícolas con su mazo en plena cacería hasta que llegaba una de las amigas de Rosita y decía:

—Juan Carlos, te llama Rosa.

Y todo se jodía, me convertía en un cachorrito pekinés con su correíta rosada. Todos mis patas me comenzaron a fastidiar y a bromear a mi costa. Al comienzo lo llevaba bien, pero poco a poco eso me fue molestando. Al cabo de un mes de esta relación monse, llegó un día en el cual todo pasó de la misma forma: yo salí de la misma forma al recreo, nos pusimos a jugar, a sudar, llegó la amiga de Rosita, me dijo que ella me llamaba y a que no saben qué le contesté.

a. Claro, ahí voy.
b. Dile que la amo y que voy en un ratito.
c. Pregúntale si se quiere casar conmigo.
d. Dile que estoy con mis amigos y que no moleste.
e. Ninguna de las anteriores.

Aunque ustedes no lo crean, la respuesta fue la d, señores. Me convertí en el león de la selva, el macho dominante y, claro, en un hombre sin pareja. Su amiga, muy obediente, fue corriendo hacia ella y solo pude ver que sus lindos ojos grandes se agrandaron aún más y esa fue la última vez que tuve algún contacto con ella.

¿Cuál creen que fue la enseñanza de esto?

a. Nunca debemos decirle que no a una mujer.
b. Nunca dar besos a las chicas porque pueden quedar embarazadas.

Pues no, la enseñanza de esto es que no siempre debemos decir «sí» a todo; debemos tener personalidad. Claro está que cuando digamos «no» debemos usar formas más sutiles a la que yo empleé en ese momento, pero no hagamos siempre cosas que no nos guste hacer. A veces es necesario ceder en algunas cosas, pero tampoco en todo. Chicas, nosotros de vez en cuando necesitamos nuestro espacio, necesitamos conversar con los patas, tomarnos unas cervezas. Déjennos creer de vez en cuando que somos los machos alfa. De igual forma, ustedes deben salir algunos fines de semana con las amigas, sentirse en su círculo. Créanme que es algo muy bueno para una relación que quieren que sea a muy largo plazo.

Volviendo a mi tema, el siguiente año mi hermana tenía que entrar a la universidad, pero en la ciudad donde vivía la universidad se limitaba a un colegio alquilado donde dicen que enseñaban catedráticos de otras ciudades y que eran lo máximo. Pues qué cruel mentira, ya que enseñaban muchos de los profesores que me enseñaban en la secundaria, y, sin menospreciarlos, creo que no estaban listos para enseñar en otro nivel.

Mis padres siempre se preocuparon por darnos la mejor educación que pudieran, así que decidieron que mi hermana debía estudiar en una buena universidad y eso estaba en otra ciudad. Era obvio que ellos no iban a permitir que mi hermana se fuera sola y, por tanto, tuvieron la gran idea de que todos nos mudaríamos.

Sé lo que están pensando: eso es algo muy bueno, ¿no? Son más y mejores oportunidades para todos. Pues les vuelvo a decir que yo era un púber con un proceso hormonal en crecimiento y, además, enamoradizo. Pataleé, lloré, les dije que me iban a hacer un gran daño, entre otras cosas, pero, como era de esperarse, mis padres no me hicieron caso y nos fuimos.

La casa que teníamos en esta nueva ciudad quedaba bastante lejos y no era precisamente una zona en donde pudieras hacer mucha vida social. Pero, en fin, había que adecuarse y pensar en las cosas positivas que eso me traería. Por ejemplo, de repente mis padres me iban a poner en un colegio mixto particular donde habría infinidad de chicas muy lindas: rubias, morenas, ojos verdes, altas, etcétera, etcétera.

Bueno, mi imaginación volaba y volaba, y cuando me refiero a que volaba, señores, de verdad lo hacía más allá de la estratósfera. Pero les cuento que mis padres tenían unos misiles antiaéreos que hasta la armada americana envidiaría. Ellos eran expertos en bajarme de las nubes, en donde yo andaba con mi imaginación, y hacerme caer al piso con rapidez. Las buenas noticias llegaron pronto: mis padres me habían inscrito en uno de los mejores colegios de la ciudad, al menos eso me dijeron.

—Hijito, a que no sabes. Te matriculamos en uno de los mejores colegios. Hemos hecho un esfuerzo pero ya estás inscrito.

Yo estaba extasiado y ansioso por saber cuál era ese colegio mixto al que iba a ir, qué chicas habría en mi salón, cuántas serían, y mis padres aclararon:

—Es el mejor colegio de varones que existe en la ciudad.

—Mamá, ¿es un colegio de puros hombres?

—Sí, hijo, y uno de los mejores.

Y bueno, eso fue el fin. Mi vida, mis ideales, todo terminó. Fue una bomba nuclear de miles y miles de megatones a mi vida adolescente, a mi vida social, a todo. Amigos, el panorama no era alentador.

Capítulo 3: Mi adolescencia 2 (medianamente monse)

Así comenzaron mis clases en mi nuevo colegio, donde habitaban puros hombres precoces con muchos pensamientos impuros y con el deseo sexual tan grande como para volver a poblar el planeta. A pesar del gran potencial y de ser muy buenos muchachos, mis compañeros podría decirse que no tenían el perfil de casanovas. Es más, al verlos supe que por un tiempo estaría distante del sexo opuesto. Pero como decía mi señora madre: si del cielo te caen limones, habrá que hacer limonada, pues, ni modo.

La primera parte de mi secundaria fue muy estándar. Además de los estudios, me dediqué al básquet, mi deporte favorito, pero no era malo en el fútbol, así que los fines de semana, por lo general, teníamos nuestras pichangas, una rutina que podría definirse como media aburrida o poco interesante. Ustedes se estarán preguntando: ¿y cuándo esta adolescencia será más o menos interesante? Bueno, no se preocupen, poco a poco.

Comenzando el tercer año de secundaria empezamos a ingresar al submundo del alcohol. Hasta ese momento solo conocía al alcohol por las fiestas de mis padres:

—Sobrino, toma un vasito con tu tío.

—Qué grande que estás, Juan Carlitos, hasta barba tienes —me decían por tres pelitos que tenía.

—Tómate este vasito.

Todas estas frases las escuché bastante y, claro, solo tenía que sonreír y tomarme el vasito.

Volviendo al tema, un día fuimos a jugar nuestras típicas pichangas de los sábados y a alguien se le ocurrió decir:

—Chicos, ¿qué les parece si compramos una cerveza entre todos?

Nos miramos y creo que a todos nos pareció una buena idea. Obviamente, en ese tiempo no era factible, para ninguno de nosotros, comprar una cerveza, pero quizás juntando todas las propinas nos daba. Yo tenía como veinte céntimos y así llegamos a juntar justo para una. Nos fuimos a un parque que quedaba cerca de mi casa y ahí nos tomamos la primera cerveza.

La experiencia fue muy divertida, aunque con la división (una cerveza entre doce personas) nos quedó muy poco para saborear. Pero de todos modos creo que nos relajó bastante y fue la primera vez que conversamos tanto tiempo de corrido. Con decir que ese día nos enteramos de que uno de nuestros amigos ya era padre. Ustedes dirán: ¿qué edad tenían? ¿Cómo pueden ser padres a esa edad? Pues no me malinterpreten, en esos tiempos no había muchos casos de estos, pero siempre había algunos irresponsables o tan solo adolescentes que tuvieron mala suerte.

Mi amigo se llamaba Carlos y ahí nos contó cómo así se hizo padre. Hacía dos años había conocido a una chica aproximadamente dos años mayor que él, se la presentó un primo que vivía en Ilo, pero cuando estuvo de visita en Arequipa fueron a una discoteca, de aquellas que había en ese entonces, y bueno… hubo química. Ella le había contado que le hacía recordar al primer noviecito que tuvo y así comenzó todo.

A los tres meses, más o menos, se adentraron en el mundo de la sexualidad y, como dice el refrán: «si juegas con fuego te puedes quemar». Pues se quemaron y así quedó embarazada.

Luego de contarnos la historia, vimos en su mirada algo de tristeza, creo que se daba cuenta de que la había cagado, pero de todos modos se sentía orgulloso de su flaca. Tanto era su orgullo que nos mostró una foto de ella. Era una adolescente muy bonita, ojos grandes, pelo rubio, pero algo en su rostro me parecía familiar, hasta que la duda pudo conmigo y le pregunté:

—¿Cómo se llama tu flaca?

—Rosa —me respondió él.

Y todo se aclaró, ¡era mi Rosita, mi primera flaca!

—¿La conoces? —me dijo.

—No —contesté algo nervioso—. Ella te dijo que tú te parecías a su ex, ¿eso no te jode un poco?

—Pues no —me respondió—, me contó que era un huevón, hasta pensaba que era gay.

Amigos, eso dolió mucho, pero creo que me lo había ganado, ¿no? Menos lo de gay, porque eso sí espero que lo haya dicho de dolida. En fin, cambié de conversación, ya que no me convenía continuar, para qué hacer leña del árbol caído, ¿no?

La siguiente semana tuvimos otra vez nuestra pichanga de fútbol, un sábado por la tarde, y otra vez la misma pregunta: ¿una cerveza? Pero esta vez a alguien se le ocurrió una mejor idea:

—¿Qué les parece si nos compramos una botella de ron?

A todos nos pareció una gran idea, pero ahí pregunté:

—¿Cómo hacemos para comprar una botella de ron con tres soles?

Y ahí apareció mi amigo Heno de Pravia. Su verdadero nombre era Roni, pero una vez llegó al colegio con un olor a Heno de Pravia, porque cuando le faltó licor se robó la colonia de su mamá, la calentó al fuego y se la tomó con sus amigos. En fin, este amigo era cosa seria.

Volviendo al tema, mi amigo Heno nos dijo que había rones de dos soles en la tienda de la esquina y nosotros, con mucha duda y sobre todo con miedo, fuimos hasta allí. En efecto, vendían licores desde un sol y medio. No me pregunten la procedencia o calidad de estos, pero de que emborrachaban, sí emborrachaban. Y así es como conocimos a nuestro licor favorito en toda la secundaria: el ron De La Piedra. Este ron llegaba con una uva adentro y tenía un sabor algo raro. Por desgracia, a veces no nos alcanzaba para la gaseosa, así que debíamos mezclarlo con refresco de sobre o limonadas. Esas fueron nuestras rutinas de los sábados durante un par de años.

El tiempo fue pasando y era obvio que el deseo hacia el sexo opuesto aumentaba, por tanto, quisimos cambiar un poco nuestras rutinas y a uno de mis amigos se le ocurrió otra gran idea:

—¿Qué tal si tomamos en mi casa e invitamos a mis primas y vecinas de por ahí?

A toda la tribu de adolescentes, con las hormonas saliendo por los poros, nos pareció una excelente idea, digna de un premio Nobel. Todos abrimos mucho los ojos y dijimos:

—¡Ya! Es una excelente idea.

Así todos nos pusimos a organizar una gran fiesta. No tienen idea de cuán colaborativa se puede poner la gente cuando de verdad les importa algo en común. Creo que de la misma forma se construyeron las pirámides y no exagero. Créanme que la colaboración y apoyo fueron extremos, definitivamente había una gran necesidad de conocer chicas.

Sin muchos rodeos llegó el gran día. Había licor (muy barato, pero había), había luces de colores, decoración roquera, humo artificial. En definitiva, nada que envidiar a las mejores discos de Lima. Éramos doce adolescentes esperando a las primas y vecinas de mi amigo Eduardo. Ya sabíamos a quién le gustaba cada chica, cómo las sacaríamos a bailar, etc.

Como las señoritas demoraban, nos pusimos a tomar. Pasó como una hora y ya estábamos alentados y envalentonados para conversar con cualquier chica. De pronto escuchamos el timbre. Como es de imaginar, todos nos emocionamos. Entraron cuatro chicas, las primas de Eduardo. Ya estábamos enamorados al verlas, pensábamos en cómo sacarlas a bailar, etc., pero como no todo pasa como uno lo planea, detrás de ellas entraron sus respectivos enamorados.

Pues sí, fueron las únicas chicas que llegaron. Quisimos matar a nuestro amigo, pero había una fiesta y no nos quedaba otra que divertirnos y, para qué negarlo, la pasamos muy bien. Los enamorados no eran muy celosos, así que igual pudimos bailar un poco (con respeto, claro).

Y así es como fue nuestra primera experiencia en una fiesta. Ustedes dirán: qué aburridos, ¿no? Pero en realidad mi promoción de colegio no tenía muchos contactos del sexo opuesto. Creo que en toda la secundaria fui a una fiesta. No tuvimos fiesta de promoción porque no teníamos chicas a quién invitar que no fueran familiares nuestros. Fue una buena etapa que recuerdo con mucho cariño, pero la verdad no fue muy divertida. Así que mejor sigamos con la tercera parte de mi adolescencia.

Capítulo 4: Mi adolescencia 3 (mi nueva etapa)

Al terminar mi secundaria no tenía mucho de lo que preocuparme, ya que mis buenas notas en el colegio me sirvieron para tener un ingreso rápido a la universidad. Solo tenía que esperar el inicio, entonces tenía casi tres meses de vacaciones. Si bien es cierto que no tenía que preocuparme de mis estudios, sí me preocupaba porque tenía casi diecisiete años y aún no tenía enamorada. ¡Por Dios! Ni siquiera había besado a una chica. Bueno, salvo la primera experiencia que les conté en el primer capítulo, pero no valía, pues. Ustedes me entienden, ¿no?

Para mi felicidad ese enero mi vida cambió. Un amigo que vivía en Ilo, mi tierra natal, tenía que ir a estudiar a Arequipa y, debido a esto, su mamá conversó con la mía para ver si podía quedarse en nuestra casa durante el primer año. Ellas eran muy buenas amigas y mi mamá no tuvo problemas en acogerlo. Mi amigo Beto había ingresado a la universidad particular para estudiar ingeniería industrial, mientras yo ingresé a la universidad nacional a estudiar ingeniería civil. Yo sabía que mi vida social no progresaría mucho en mi universidad, pero quizás la vida social de mi amigo sí me ayudaría bastante, al menos quería pensar eso.

Él se mudó a mediados de enero y también lo hicieron muchos de sus amigos y amigas, quienes venían a estudiar a Arequipa para seguir cursos de actualización y para entrenarse académicamente antes del inicio de clases. A la semana que llegó, él iba a salir con sus amigos, así que me preguntó:

—Juan Carlos, ¿qué vas a hacer más tarde? Saldré luego con unos patas y unas amigas, ¿vamos?

Eso fue música para mis oídos y también fue el inicio de mi vida social. A eso de las 8:00 p. m. salimos de mi casa y nos encontramos con su grupo de amigos en un parque que quedaba cerca. A ese parque lo conocían como el Parque Juventud, pues ahí iban bastantes jóvenes como nosotros a tomar o a pasarla bien. ¿Quién iba a pensar que, después de unos años, lo tuvieron que cerrar porque los jóvenes comenzaron a hacer destrozos e inmoralidades cuando tomaban? Pero esa es otra historia.

Regresando a nuestro tema, ese día decidí que a la primera chica que cruzara una mirada conmigo me le acercaría y bueno... a ver qué pasa. Beto me presentó al grupo y después de eso traté de cruzar miradas con todas las chicas, pero ninguna me vio. Fue triste, mi corazón lloró por dentro un rato. En fin... la vida debía continuar.

Entre todos compramos una botella de ron, de no tan mala calidad como los que tomaba en el colegio, y comenzamos a tomar, conversar y a pasarla bien. Nos terminamos el primer trago y luego compramos otro. Cuando empezamos con el segundo trago tomé otra vez valor y volví a mirar fijamente a cada chica y a que no saben: otra vez nadie me miró. Terminamos el segundo trago y dijimos:

—¡El último!

Y ahí íbamos por el tercero cuando, como todo un adolescente valiente, volví a mirar de manera fija a las chicas y esta vez tampoco dio resultado, así que decidí cambiar de estrategia. Para mí todas las mujeres son hermosas solo por el hecho de ser mujeres, pero digamos que ese día decidí hablarle a la menos bonita de estas chicas. Esta chica se llamaba Carla, fue muy buena onda y me correspondió la conversación.

Sé que el alcohol no es muy bueno para la salud, pero una de sus pocas virtudes es que sin duda te quita bastante el miedo. Cuando una persona se siente segura de sí misma, las otras personas lo notan y eso hace que se te vea más interesante. Creo que eso es lo que pasó ese día. Con todo lo que tomé, me volví una persona muy conversadora y chistosa. Carla no paró de reírse y todo se volvió mucho más interesante. Ya estaba por terminarse la tercera botella de alcohol y esta reunión aún no podía culminar.

—Chicos, ¿qué les parece si nos tomamos uno más?

Algunos ya no querían, pero al ver mi insistencia y mis argumentos accedieron, así que compramos una más. La conversación con Carla se hacía cada vez más entretenida y de pronto nos pusimos a jugar con los celulares. Ojo, los celulares no eran como ahora, eran unos ladrillos inmensos, pero no tiene importancia en este momento. Ella me quiso quitar el celular y nos acercamos bastante, lo suficiente para darnos un beso, mi primer beso.

Cuando eres joven, con pensamientos más o menos sanos y das tu primer beso no sabes cómo reaccionar. Solo les puedo decir que me sentí en las nubes. Al día siguiente nos volvimos a ver. Nunca le dije para estar, cuando estaba sin los efectos del alcohol lo valiente se me quitaba y volvía a ser el adolescente medio huevón. Pero ella me lo hizo fácil, creo que ambos asumimos que ya estábamos por el simple hecho de habernos besado.

Sin querer pasó un mes de nuestra relación, ¿qué les puedo decir? Todo fue flores. Un fin de semana ella me invitó a una fiesta de sus amigos, creo que era un cumpleaños o algo así. No me acuerdo mucho de qué trataba la fiesta ni a qué amigos vi allí, lo que sí me acuerdo es que nos pegamos una bomba de aquellas. Nos fuimos de la fiesta caminando en zigzag y, como todo un caballero, la llevé hasta su casa o a la residencia en donde alquilaba un cuarto, ya que ella no era de Arequipa. Esta residencia era solo para señoritas y la puerta se cerraba a las 11:00 p. m. Solo en caso de emergencia se podía salir después de esa hora. Se tenía que pedir un permiso especial y había que despertar a la dueña para que te pudiera abrir. En fin… todo un cuartel.

Las chicas que vivían ahí no eran de Arequipa, venían de otras ciudades a estudiar. Tendrían alrededor de diecisiete años y a esa edad quieren salir, explorar, tomar, etcétera. Era obvio que no lo iban a hacer hasta las 11:00 p. m. Ellas también entendieron eso, así que usaron una estrategia para conseguir la llave de la puerta principal. Esta estrategia consistió en entrar a la casa de la señora mientras no estaba en casa, pegar la llave a un jabón y sacarle duplicado; así todas las chicas consiguieron su propia llave y acceso ilimitado en las noches.

Volviendo a nuestro tema, ese día regresamos como a las 2:00 a. m. Abrimos su puerta, nos dimos un beso y ella me preguntó si quería entrar. Aunque no lo crean, esta fue una pregunta muy difícil de contestar. Dentro de mí estaban todas las moralidades adquiridas durante mi infancia y, por otro lado, todas las voces de mis amigos gritando: «entra, mierda». En resumen, estaba en mi cabeza un ángel y un diablo, ambos con las mismas posibilidades de ganar, pero cuando eres adolescente las hormonas tienen un gran peso en tus decisiones, así que por supuesto dije que sí.

Entramos a su cuarto, no me fijé mucho en lo que había, solo me fijé en ella. La vi hermosa, pensé estar en el cielo. Y así, amigos, es como tuve mi primera experiencia sexual. Fue muy bonito, todo fue tan natural y perfecto. Fui responsable, ya que después de lo que me contó mi amigo Carlos, siempre llevé un preservativo en mi billetera, aunque tardó como cuatro años en ser usado, pero cumplió su cometido.

Después de ese día mi relación con Carla fue mucho mejor. Me sentía muy enamorado. Bueno, en ese entonces de verdad lo pensaba, aunque después me di cuenta de que en realidad no tanto. Les explicaré...

A la semana siguiente Carla tenía que viajar a Ilo para visitar a sus padres, entonces se me ocurrió la gran idea de viajar para allá con todos mis patas del colegio, los más cercanos. Iríamos a la casa que tenía allá y de paso me encontraría con mi enamorada. La idea era pasar un hermoso fin de semana en la playa. Mis amigos más cercanos en el colegio eran cuatro: Roni (Heno),

Eduardo, Luis Miguel y Eddi. Con rapidez organizamos nuestro viaje y, claro, empacamos más alcohol que ropa. Mis amigos estaban muy emocionados, pero yo mucho más, ya que no podía pasar un fin de semana sin mi amorcito. Qué cojudos nos ponemos de chibolos cuando nos enamoramos, ¿no?

Llegamos a Ilo un viernes. Apenas llegué fui a ver a Carla, nos dimos muchos besos, le juré amor eterno y me fui. En la noche organizamos una reunión en mi casa, pero Carla no podía ir porque quedamos que salíamos el sábado a la discoteca y ella no podía salir dos veces en un fin de semana; reglas de los padres. Mi amigo Beto también había viajado con su enamorada, así que le dije que vaya a la reunión. Después él me llamó al celular:

—Juanca, ¿no hay problema que vaya con las amigas de mi flaca?

—No hay problema, compadre, tráelas —le dije.

Obviamente no tenía que preguntarles a mis amigos, todos estarían muy contentos, seguro. Cuando eres adolescente, lo que más te importa son las chicas, y más si has estudiado en un colegio de hombres con un nivel de sociabilidad hacia el sexo opuesto de 0,5 (en la escala del 1 al 10). Eran las 9:00 p. m. cuando llegó Beto con su flaca Sandra y las amigas de ella. Mis amigos del colegio esperaban en la azotea, que era donde se llevaría a cabo la reunión. Beto me presentó a todas ellas. Las chicas eran lindas, pero entre todas había una que era muy bonita: pelo negro, ojos grandes, alta y con un bronceado perfecto. En fin... yo tenía pareja, así que a mirar a otro lado; mis amigos eran los suertudos.

Haciendo un paréntesis, no les había contado una parte de mi vida: mi papá tocaba guitarra y cuando era niño me enseñó a tocar. Aunque mi voz no era la mejor del mundo, tenía mis buenos *covers*. En ese viaje llevé a María (por si acaso, mi guitarra se llamaba así). Tenía el defecto de ponerle nombre a mis más preciadas posesiones y en ese tiempo mi más preciada posesión era mi guitarra. Una vez que todos se presentaron, comenzó la clásica conversa de «¿qué estudias?», «¿desde cuándo se conocen?», «¿qué tragos te gustan?»; es decir, todo ese floro que ayuda a romper el hielo.

Después de la primera botella de ron la gente se suelta más y ya no son desconocidos. Todos hablaban y bromeaban como si se conocieran de años y la reunión se volvió muy divertida. Creo que fue la mejor fiesta que tuvimos desde que nacimos, no exagero. En la segunda botella la gente se ponía más divertida y mis patas, como siempre, aclamaban algunas canciones en guitarra.

—Saca a María —me gritaban.

Y yo, que estaba con mis tragos, no dudé en ir al cuarto y llevar la guitarra a la reunión. Así empezó el concierto de Juan Carlos. Después de cantar la tercera canción, volteé hacia mi público y noté una mirada que se quedó fija. A que no adivinan de quién era.

a. De la enamorada de Beto.
b. De Beto.
c. De mi pata Heno.
d. De mi vecina.
e. Ninguna de las anteriores.

No se preocupen, creo que ni yo le hubiera atinado. Cuando volteé, la chica de pelo negro, ojos grandes, alta y con bronceado perfecto me miró y me regaló una gran sonrisa. No supe qué hacer, claro, solo atiné a sonreír y me volví tímido otra vez. En otras circunstancias, hubiera agradecido a la vida por tanta suerte, pero esta vez tenía enamorada, así que ahí quedó la cosa. Ese día todos hicimos una buena amistad y quedamos para ir a la playa al día siguiente. Tocaba uno de mis grupos favoritos, así que ahí también se armaría una nueva juerga.

Llegó el día sábado y nos encontramos otra vez todos en la playa, los mismos chicos y chicas, bailamos, tomamos y nos divertimos mucho. Ustedes se preguntarán: ¿y su enamorada? ¿Tampoco podía ir a la playa? Pues sí fue, pero fue con su familia, así que yo me acerqué un rato, pero luego regresé al grupo y continué con la juerga. Después de varias horas de juerga, nos despedimos y quedamos para la noche en la discoteca. Ahí sí se uniría Carla, quien iría con otras amigas.

A las 9:00 p. m. nos encontramos en un bar que quedaba al costado de la discoteca; esta vez pasamos a las cervezas. Después de tomar tres, entramos a la discoteca. El lugar era bastante bonito, con varias pistas de baile, se prestaba para tener la mejor noche de nuestras vidas. Disculpen, creo que no les había presentado a la chica de pelo negro, ojos grandes, alta y con bronceado perfecto: se llamaba Andrea, y ese día ella estaba más bonita que nunca.

Creo que uno de los secretos para no ser infiel es tratar de no exponerse. Siempre tendrás tentaciones, pero cuanto menos tengas, más probabilidades tendrás de no caer. Lo único que tenía que hacer era tratar de evitar a Andrea o ir con mi enamorada y ahí se acabaría todo el tema, asunto arreglado. Bueno, así lo hice. Evité a Andrea, todo salió de acuerdo a mi plan hasta que ella me dijo:

—¿Bailamos?

Ahí todo se jodió. Todo plan imaginable se quedó estropeado por mi inmadurez, mi poca experiencia, mi poco tino. Ya en la pista de baile ella no me quitó la mirada y yo no sabía qué se hace en esos casos, así que hice la cosa más estúpida que pude hacer: la besé. Fue un chape de telenovela, en ese momento me sentí como un narco o como el más vil villano, pero dentro de todo me gustaba. Era una experiencia que explotaba de adrenalina y hasta creo que empecé a sentir algo por ella, me gustaba mucho. Nunca en mi vida me hubiera imaginado estar con una chica tan hermosa. ¿Qué querían? Mi relación con las mujeres fue muy escasa, así que mi autoestima tampoco era la mejor.

Todo era muy excitante, bonito, perfecto. Por un momento me olvidé de todo, pero al poco rato recuperé la cordura, aunque solo por un momento, y fui a buscar a Carla. Se suponía que nos íbamos a encontrar ahí. Al poco rato llegó Beto y me dijo:

—¡Pendejo! ¿Dónde estabas? Me encontré con Carla y me dijo que te vio con Andrea.

—¿Dónde está? —le pregunté.

—Se fue.

De inmediato corrí en dirección a la salida y, antes de cruzar la puerta, me detuve. No pensé, tan solo actué. Regresé a la mesa donde estaban todos, me senté al costado de Andrea y todo siguió donde lo habíamos dejado. Lo sé, amigos, fui una basura, y cualquier cosa que diga aquí no podrá justificar mi actitud, pero solo digamos que fueron muchas situaciones juntas y que no tuve la madurez para afrontarlas como se debe. Son esos momentos en los que la vida te pone a prueba, y desaprobé con un cero.

Al día siguiente desperté muy temprano, no me acordaba de mucho. Fue mi primera *borrada de cinta,* así le dicen cuando no te acuerdas de nada después de una gran borrachera, pero dentro de mí sentía que algo no estaba bien. Otro de mis amigos, Eddi, se despertó y cuando me vio sonrió:

—Eres el hombre más puto que conozco.

Y me contó todo lo que había pasado. No sabía qué hacer, necesitaba ir a hablar con Carla, pero sabía que me iba a doler lo que ella me haría, hablo de daño físico. Junté muchos huevos y fui a verla. Ella no me dio un buen recibimiento, como es obvio, me dijo hasta de qué me iba a morir.

No me acuerdo con exactitud qué le dije, pero en resumen le juré que Andrea fue la que me besó y que eso sucedió justo cuando ella me vio. Le dije que yo la hice a un lado y me senté. Señores, lo sé, fue mentira tras mentira y poco a poco sentía cómo me hundía más en el infierno. Al final, para que me creyera, le dije que Beto con su enamorada vendrían a contarle la verdad, si es que no le era suficiente.

Y así fue. Mi verdad no le fue suficiente, así que le tuve que rogar a Beto para que fuera. Después le tuve que pagar varios favores, pero al menos ese día me ayudó y no sé cómo convenció a su flaca a prestarse a tal mentira, pero lo hizo. En la noche nos juntamos los cuatro y el discurso de ellos fue tan convincente que me creyó. La verdad es que Sandra se lució, no me conocía mucho pero igual se la jugó por mí. En ese momento sabía que ese era el inicio de una buena amistad.

Después de lo que pasó en mi viaje a Ilo seguí con Carla durante tres meses más, pero a pesar de tener poca experiencia en cuestiones de amor, sí pude darme cuenta que no la amaba de verdad, ni siquiera sabía qué significaba eso. Un día estuvimos en su cuarto y le dije alguna de las frases siguientes: «creo que no te merezco», «creo que pasa algo», «siento que falta algo», «te sigo queriendo, pero necesito un tiempo solo». No me acuerdo con exactitud cómo se lo dije, pero lo que sí me acuerdo es de su reacción. Ella me miró a los ojos, me sonrió y me tiró una cachetada que casi me hace caer. Luego de eso me dio la mano y me dijo:

—¿Amigos?

No supe cómo reaccionar. Entendí que lo que le hice le dolió más a ella que la cachetada a mí, aunque sí me dolió como mierda. Se entiende mi metáfora, ¿no? Y esa fue, amigos míos, mi primera gran historia amorosa. Yo sabía que eso era el inicio, recién comenzaba.

Capítulo 5: Mi casi adultez (nuevas experiencias)

Luego de pasar el verano y de un tormentoso inicio amoroso, comenzó la universidad. Definitivamente, era una nueva etapa en mi vida: nuevos retos, nuevas amistades. En fin, muchas sorpresas llegarían a mi vida.

Como les conté, decidí estudiar ingeniería civil, por tanto, no tenía muchas esperanzas con respecto a mi vida social. En ese entonces no tenía mucho apuro al respecto, creo que en mi primera experiencia amorosa acumulé varios años de experiencia en unos pocos meses.

No conocía a nadie en la facultad, pero tener amigos sería cuestión de tiempo. Era bueno para hacer amigos, pero para hacer amigas sí era medio huevón. En la universidad donde estudiaba había una tradición para los estudiantes que recién ingresaban: todos los nuevos debían ser bautizados. Esto consistía en cortarles el pelo. Esta tradición por lo general la ejecutaban los estudiantes de segundo año. A ellos también les hicieron ese bautizo el año anterior, por lo que les quedaba fresco ese deseo de venganza.

Lo único que podíamos hacer los nuevos ingresantes era correr o escondernos. Para lograr buenas estrategias teníamos que juntarnos y en esas escapatorias conocí a mis dos amigos Lalo y Chizo. Una vez que ya tienes tus primeros amigos, se hace más fácil la vida en la universidad, ya que con ellos puedes formar grupos, estudiar, etc. Ya poco a poco vas anexando a más gente a tu grupo. A pesar de que para mí era fácil conocer personas, en mi vida he tenido muy pocas a las que pueda llamar amigos. Siempre he creído que la palabra amigo tiene un significado muy fuerte, de verdad muy fuerte, y subrayo con negrita esta palabra, ya que los amigos estarán en tu vida por siempre, estarán en los momentos más importantes, te acompañarán cuando rías y cuando llores, siempre estarán conectados a ti.

Mi vida universitaria comenzó sin muchas sorpresas. Mi carrera era muy fuerte así que desde el comienzo debíamos aplicarnos. Digamos que el ritmo me chocó un poco, ya que estaba acostumbrado a estudiar solo del cuaderno y en la universidad eso no basta, tienes que consultar varios libros, investigar, etc. Eso te complica bastante a la hora de los exámenes.

Mis primeras notas no fueron las mejores, pero la idea era sobrevivir. En ese tiempo las universidades nacionales tenían una mala costumbre: no te ponían la nota que merecías, sino que cada curso tenía su nota tope. Lo usual en esos tiempos era no pasar del catorce, con contadas excepciones. Muchos profesores se sentían orgullosos de decir que nadie en su clase podía tener más de trece o catorce y si le ponían más nota al alumno significaba que este sabía más que el profesor. Eso de verdad me parecía muy patético y estúpido, daba mucho que decir del modelo educativo que tenían las universidades nacionales, pero así era, solo teníamos que acostumbrarnos.

Poco a poco fueron pasando algunos meses de *full* estudio, sobreviviendo al modelo educativo, amaneciéndose para estudiar; en fin, mucho estrés. Pero como todo en la vida, tiene que haber equilibrio. Si bien es cierto que nos sacábamos la mierda estudiando, también debíamos realizar actividades recreativas. Esas actividades en mis tiempos eran ingerir alcohol y ver chicas, en eso mi amigo Lalo era un experto. Él tuvo la suerte de estudiar en un colegio mixto particular y sin lugar a dudas su vida social era como sería mi vida social a los cuarenta años, claro, si es que yo seguía en ese camino. Lalo tuvo enamorada desde los nueve años y a los diecisiete años creo que ya había tenido algo de veinte y quedo corto, mientras que yo solo tuve una y una amante (se podría decir), aunque, como les dije, no me siento muy orgulloso de esa parte. Bueno, creo que les quedó muy clara la diferencia de roce social entre Lalo y yo.

Con el tiempo nos hicimos más patas con Lalo y Chizo. Como algo típico en nuestras épocas, nos comenzamos a poner apodos y a Lalo lo bautizamos como Laloca. Yo sé que es una estupidez molestarse entre hombres y decirse maricón, esas cosas que hoy en día son algo discriminatorias o fuera de contexto, pero en esos tiempos la mejor forma que encontrábamos para molestar a un amigo era decirle que era gay.

Como toda persona que se siente troleada, Lalo nos respondía la molestada con «recontraloca» y el otro respondía con «calla, recontralocaza». Algunos compañeros de la universidad nos escuchaban y se mataban de risa por la forma en la que nos llamábamos locas y de ahí apodaron a nuestro grupo como las *locazas*. Cuando te trolean, hay que ver quién lo dice con cariño y quién lo dice con mala onda. Nunca permitimos que la gente con mala onda nos troleara, pero con los buenos compañeros nunca nos molestábamos.

Después de los exámenes parciales decidimos irnos de juerga el fin de semana y para preparar eso Lalo era el mejor. Salimos a un bar que quedaba cerca de la universidad. Allí Lalo saludó a una chica que estaba tomándose una cerveza con su amiga. Sin pensarlo dos veces, yo le dije que vaya a saludarla y que de paso les pregunte si querían venir a seguir tomando con nosotros.

Lo bueno de Lalo era que él no tenía miedo a hablarle a cualquier chica, incluso sin conocerla, eso era algo que yo tenía que aprender, de lo contrario no iba a conocer a muchas mujeres y cuando estás llegando a los veinte eso como que no es muy bueno, al menos eso pensaba yo. Volviendo al tema, para nuestra alegría las chicas aceptaron y nosotros nos fuimos a su mesa a seguir bebiendo. Mi amigo se encargó de hacer la presentación y empezamos a conversar agradablemente durante unas horas.

Creo que nos tomamos como seis cervezas de esas de 750 ml y ya la conversación estaba muy fluida y cómoda. Cuando terminamos las seis chelas, Lalo les dijo para ir al departamento de un amigo a seguirla y ellas aceptaron. Este amigo de Lalo le había dejado el departamento encargado debido a que él vivía fuera de la ciudad. Lo había hecho para que le diera de comer a sus peces.

Antes de llegar a la casa compramos un ron Cabo blanco y una botella de Sprite de litro y medio. Era lo que más tomábamos por esa época, ya que era un trago barato y creo que no tan malo.

Llegamos al departamento y lo primero que hizo Lalo fue darle comida a los peces, por si después se olvidaba. A pesar de usar como suyo el departamento de su amigo para encuentros casuales, al menos sí era responsable con el encargo de alimentar a sus mascotas, aunque luego de un tiempo fueron muriendo poco a poco, pero esa ya es otra historia.

Abrimos la botella de ron y otra vez comenzamos a tomar. Tomamos y tomamos hasta que poco a poco las conversaciones fueron más entretenidas. El tema de conversación se cargaba más de bromas y chistes en doble sentido. Sin pensarlo, los cuatro estábamos en el dormitorio del amigo de Lalo, en su cama de dos plazas. Lalo, para variar, comenzó a besarse con su amiga y yo seguía al costado conversando con la otra chica.

Creo que cuando tomo hablo de más y le dije a esa chica que por ahora no quería saber nada del amor o algo así. Ella, por el contrario, me hablaba de que quería tener enamorado porque hace tiempo que no estaba con nadie y, así como nosotros, ella tenía necesidades sexuales, pero no quería solo pasar el rato. Después de seguir conversando un rato y después de escuchar y ver todo lo que hacía Lalo con la flaca del costado, decidí acercarme más a la chica con quien estaba hablando. Traté de darle un beso y ella me dijo:

—Pero tú no quieres algo serio con nadie, así que mejor no hagamos nada.

Créanme que traté de resolver el problema, pero cada vez que intentaba besarla me decía lo mismo. Trataba de solucionar las cosas, trataba de enmendar lo que dijo mi gran bocota, creo que hasta le dije que sentía que la quería, pero mis palabras o floros no tuvieron efecto. Al final, amigos y amigas, este servidor se quedó mirando cómo los demás comían pan mientras yo seguía hambriento.

Al siguiente día desperté y estaba al costado de la chica, solo estábamos los dos, ya que Lalo se había ido a otro dormitorio con su amiga. Los dos estábamos bien vestidos, lo cual confirmaba que no había pasado nada entre nosotros. Salí a la cocina y ahí encontré a Lalo fumando un cigarro, en señal del gran final que tuvo su noche de pasión:

—Locaza, qué buena juerga la de ayer. Qué bueno que traje preservativos porque los usé todos.

Yo solo atiné a mirarlo y sonreír:

—Qué bueno que a alguien le fue bien.

—¿Qué? ¿No ha pasado nada? —dijo Lalo sonriendo.

—Pues no —y le conté todo lo que había ocurrido.

Después de una hora de cagarse de risa me dijo:

—Eres un reverendo huevón, esas cosas no se dicen. Las puedes pensar, pero nunca se las tienes que decir a una chica. Solo debías conversar y, si los dos querían algo sin compromisos, chévere. Te falta mucho, calichín.

Bueno, Lalo tenía mucha razón, me faltaba aprender mucho, pero creo que ella tenía el derecho de saber la verdad y si aceptaba tener algo sin compromisos, perfecto. En fin... al menos conocí más chicas ese día, aunque nunca más las volví a ver. De igual forma, lo que pasó me hacía pensar que mi círculo social estaba mejorando.

Mi amigo Chizo no salía mucho, cada vez que quedábamos para salir nos decía que sí, pero a la hora de la hora siempre se le presentaba algo, siempre tenía excusa. Después de finalizar los segundos exámenes parciales, decidimos con Lalo que íbamos a sacar a Chizo sí o sí, no habría excusas. Le dijimos para salir el fin de semana y, como siempre, él nos dijo que sí, pero, como ya sabíamos que después se echaría para atrás, esta vez quedamos con Lalo en encontrarnos en su casa y de ahí salir hacia la de Chizo. Como lo habíamos pensado, él otra vez nos llamó diciendo que se le había presentado un problema. Claro que no le creímos un carajo, así que de igual forma fuimos a su casa. Tocamos el timbre y nos contestó su mamá:

—Sí, ¿quién es?

—Somos amigos de la universidad de su hijo Chizo, señora. Somos Lalo y Juan Carlos.

La señora nos abrió y nos recibió con una sonrisa:

—Adelante chicos, qué bueno que mi hijito ya tiene amiguitos en la universidad.

Muy agradable la señora, aunque se notaba que tenía un carácter fuerte.

—Señora, habíamos quedado en salir con Chizo, pero nos dijo que estaba un poco mal.

—¿Un poco mal? Ah, ya sé qué pasa, lo que pasa es que a él no le gusta salir, mil veces le he dicho que salga, pero este huevón se queda jugando con sus videojuegos. A ver, lo voy a llamar. ¡Chizo, te están buscando tus amigos, baja!

—¿Qué amigos? —contestó.

—Supongo que los únicos que tienes, porque nunca te vienen a buscar. ¡Baja nomás, carajo!

Y bajó Chizo. Cuando nos miró quedó sorprendido porque no pensaba que iríamos hasta su casa a buscarlo.

—Así que te hacías el cojudo para no salir —le dijimos—. Cámbiate nomás, huevón, acá te esperamos para salir.

A los quince minutos volvió a bajar. Ahora sí estábamos listos para irnos de juerga. Durante el camino le preguntamos por qué no le gustaba salir y él nos dijo que era bastante tímido con las mujeres, por eso a veces prefería quedarse en su casa antes de pasar roche. Yo me quedé callado un rato, al fin había encontrado a un amigo más huevón que yo. Bueno, eso me llenó de orgullo y, como si fuera un hombre muy experimentado, le dije:

—No te preocupes, Chizo, ahora sí vas a saber qué es vivir.

Llegamos a una discoteca que quedaba frente a la plaza de armas, donde las cervezas costaban un sol hasta las 2:00 a. m. Esa oferta era solo los viernes. Créanme que a esa edad tener cervezas a un sol era lo mejor que nos podía pasar, ya que, como se imaginarán, nuestro presupuesto no era muy grande. Después de hacer nuestra respectiva cola entramos alrededor de las 10:00 p. m. Y bueno... a reventarnos nuestros diez soles en cervezas, no importaba si después nos teníamos que ir a pie.

Por si acaso, en esos tiempos la delincuencia no era como ahora, era mucho más seguro salir de noche. A lo mucho te podías encontrar con prostitutas o travestis en la madrugada, pero nunca que te apunten con una pistola o esas cosas que se ven ahora.

Después de dos horas de tomar y con seis cervezas en el organismo, ya nos sentíamos los dueños de la noche. Chizo nos dijo que se iba al baño y Lalo y yo sacamos a bailar a dos chicas. Bueno, en realidad Lalo era el que se acercaba a las chicas y yo me unía. Para nuestra felicidad no nos desairaron, así que comenzamos a bailar y conversar. Todo se iba dando, la noche prometía.

Después de bailar algunas canciones, nos despedimos de las chicas y fuimos en busca de Chizo, ya que no lo veíamos por ahí. Esa discoteca tenía dos ambientes, así que fuimos al otro y a lo lejos vimos a dos señores de seguridad que estaban empujando a una pareja hacia la salida. Cuando nos acercamos más, nos dimos cuenta de que era Chizo. Estaba con una chica que nunca habíamos visto. Ella estaba con la falda semiabierta y al darnos cuenta, nuestro amigo también tenía el pantalón desabotonado con el cierre algo abierto, lo cual me hizo imaginar más o menos lo que pasó o lo que casi había pasado. Nosotros les gritamos a los de seguridad:

—¿Qué pasó? ¿Por qué los sacan?

—Estos dos angelitos estaban a punto de tener relaciones en el baño —nos dijeron.

Nosotros nos quedamos boquiabiertos. Nuestro amigo pasó de ser el más huevón a casi un delincuente juvenil en solo unas horas. Tratamos de que no sacaran a Chizo de la discoteca, hasta quisimos darle cuatro soles con cincuenta céntimos al de seguridad para que no lo bote, pero creo que la suma del soborno no era muy atractiva y con más ganas lo botó.

Caballeros nomás, tuvimos que salir con él y su nueva amiguita. Al estar ya afuera le pregunté qué había pasado y empezó a decir varias palabras, pero sin un significado, solo escuché:

—Sexo, casi, baño.

Como podrán comprender, el escaso vocabulario de mi amigo significaba que estaba totalmente borracho y había que llevarlo a su casa. De igual forma, a su amiga le tratamos de preguntar qué había pasado y ella ni siquiera pudo pronunciar palabra, solo se mataba de risa y levantaba las manos como si estuviera bailando. Creo que su caso era peor al de mi amigo porque su cara parecía de quien había tomado algo más que alcohol. Al poco rato salieron sus amigos y amigas, que parecían tener los mismos síntomas de ella, pero al menos sí podían hablar, así que la dejamos con ellos.

Ahora la misión era llevar a Chizo a su casa, porque él no podría llegar por sí solo. Pedimos un taxi y, al llegar a su casa, lo dejamos en su puerta, pero al ver que no podía abrirla, tuvimos que tocar el timbre. Como ya conocíamos a su mamá, nos daba algo de miedo la retada que nos metería, así que luego de tocar el timbre nos metimos en el taxi y le pedimos que avanzara un poco, pero sin perder de vista a nuestro amigo. No éramos malos amigos. Al poco rato salió su mamá y solo llegamos a escuchar algunos gritos:

—¡Muchacho de mierda, ahora vas a ver! Ni tu papá llega borracho y tú como bueno, vamos a la ducha, ¡carajo! —y cerró la puerta.

Bueno... esa fue toda nuestra gran noche. Ya en el taxi no paramos de reírnos hasta llegar a nuestras casas. ¿Quién iba a pensar que Chizo iba a hacer todo eso? Qué bueno que era bien tímido, si no se ponía a tener relaciones en plena pista de baile.

El siguiente lunes, al llegar a la universidad, lo primero que le preguntamos a Chizo fue:

—¡Huevón! ¿Qué mierda te pasó?

Él se rio y nos dijo que no se acordaba muy bien:

—Salí del baño y me encontré con una flaca, se llamaba Natalia, igual que mi mamá, por eso creo que me acuerdo del nombre. Ella parecía media ida o drogada y me preguntó: «¿quieres tener sexo?». Y yo le respondí: «¡ya, pues!». Me empujó al baño. Cuando estábamos quitándonos la ropa, sentí que algo o alguien me jaló y me hizo caer. De ahí no me acuerdo de nada.

—¡Huevón! ¿Y tenías preservativos? —le gritamos.

—No —nos contestó.

—¿Y cómo mierda pensabas tener relaciones con una desconocida sin cuidarte?

—No sé qué me pasó, disculpen, locazas —lo dijo con cara de perrito sin dueño.

Nos reímos, pero de verdad que pudo no haber tenido un final feliz esa historia, así que saliendo de la universidad nos fuimos a una farmacia y le regalamos una caja de preservativos. Claro que los más baratos porque el presupuesto no daba para más, pero al menos la marca era algo conocida. Sacamos un preservativo y se lo pusimos en su billetera:

—A partir de ahora no saldrás desprotegido —y nos cagamos de risa los tres.

Ya después le contamos todo lo que pasó, cuando llegamos a rescatarlo y la carajeada que le dio su mamá al dejarlo en su casa. Nos contó que su mamá lo hizo levantarse a las 6:00 a. m. para que la acompañara al mercado. Creo que fue su manera de vengarse por la mala noche.

Chizo nunca había tenido enamorada, es más, creo que fue su primera experiencia casi sexual. Después de que él y su amiga fueron echados de la discoteca, ella le dejó un papel con su número, así que después de esa experiencia, casi religiosa, siguieron en contacto y salieron algunas veces. Creo que como a las dos o tres semanas nos contó que ya estaba con ella. Nosotros nos alegramos por él, pero igual le dijimos que tuviera mucho cuidado porque parecía que su amiga consumía drogas, al menos eso nos pareció ese día.

Haciendo un paréntesis, por suerte nunca tuve curiosidad por probar drogas. Durante mi vida tuve a algunos conocidos que me ofrecieron probarlas, me dijeron muchas cosas acerca de eso, como que no era nada malo si solo consumías muy de vez en cuando y muchas de sus bondades. Pero nunca probé, ni siquiera marihuana, que era lo más común por esas épocas. Siempre pensé que no vale la pena probar algo que podía malograr tu vida y la de la gente que quieres si te llega a gustar. Yo fui feliz y sigo siéndolo consumiendo alcohol de vez en cuando. Claro que ahora no tomo como tomaba esos días, pero tampoco fui un alcohólico.

Bueno, volviendo a nuestro tema: a los dos meses de nuestra última salida, después de los exámenes finales, quedamos en tener otra salida *juerguera* y Chizo nos dijo que iba a ir con su flaca. Quedamos en encontrarnos en la discoteca, la misma de siempre. Lalo y yo llegamos como a las 11:00 p. m. y Chizo ya estaba con su flaca y un grupo de amigos de ella. Ahí nos la presentó formalmente. Por supuesto, ella no se acordaba de nuestras caras. Su pelo tenía un olor algo raro, creo que olía a marihuana y sus amigos también olían a lo mismo. Sin duda se habían prendido antes de ingresar. Después de un rato le dije a Chizo:

—Creo que tu enamorada se droga.

Él bajó la mirada, como quien no se siente orgulloso, y me dijo que sí, que ella le había dicho que lo iba a dejar, pero siempre tenía sus recaídas.

—¿Y ella te ha dado de probar? —le pregunté.

—Sí, algunas veces, pero solo probé una vez.

Ahí me terminó de caer mal su flaca. Ella no solo se horneaba cual pastel, sino que también estaba maleando a mi pata. Todo el grupo compró varias cervezas y las pusimos en la mesa, empezamos a tomar y ya cuando los tragos estaban por la mitad, noté que Natalia jugaba mucho con uno de sus amigos. Se miraban y coqueteaban con mucho descaro, creo yo. Al poco rato Natalia va al baño y casi de inmediato su amigo también va. Yo me acerqué donde Chizo y le comenté:

—Vamos, acompáñame a comprar más cervezas.

Traté de pasar cerca del baño, pero por otro camino, para ver si mi sospecha era real y tristemente así fue. Vimos a Natalia y a su amigo en un chape de telenovela, digno de ser transmitido en horario para adultos. Mi pata Chizo se quedó helado. Traté de jalarlo para regresar, pero me hizo a un lado y se acercó donde ella:

—Natalia, ¿qué pasa?

Ella, como era de esperarse, se puso de todos los colores y solo atinó a decirle:

—Pucha, disculpa, Chizo, es que no sé qué pasó —y alguno de esos floros básicos que nadie cree.

Su amigo se dirigió hacia la puerta y Chizo trató de agarrarlo para pegarle, así que tuve que empujarlo:

—Huevón, no vale la pena, ella te engañó, no él.

Lo peor fue que, en toda la confusión, lo único que atinó Natalia fue a irse con su amigo y dejar a mi pata como cigarro que botas y pisas.

—Ya, huevón, vamos a seguir chupando, no vale la pena —le dije.

Él volteó como para seguirme y regresó de forma brusca para ir corriendo hacia la salida. Cuando salió ya no encontró a Natalia ni a su amigo. Volví a tratar de jalarlo, pero otra vez se escapó y comenzó a correr con todas sus fuerzas, a toda velocidad, tanto que me dejó atrás durante dos cuadras. Tuve que correr bastante y al final lo alcancé.

—¡Carajo! ¿Qué mierda te pasa? ¿Por qué corres como huevón?

—Es que no sabes, Juan Carlos, ¡yo la amo!

—No seas cojudo, ella no vale la pena, ahora debe estar con su amigo haciendo quién sabe qué.

—Puta madre —me dijo y comenzó a llorar.

No sabía qué hacer, pero ya cuando lo vi llorar me dio pena y traté de darle palabras de ánimo:

—No llores, huevón, no vale la pena, ya fue.

—¿Tú crees que ella se fue con él a algún hotel? —me preguntó.

Por supuesto que yo pensaba que ellos estaban drogándose y teniendo sexo desenfrenado, pero ya no podía hacer leña del árbol caído.

—No creo, Chizo, seguro se fue a su casa, ya debe estar durmiendo. Regresemos a la discoteca.

Ese día seguimos tomando hasta que Chizo quedó sin dolor en su corazón casi virgen. Al día siguiente le contamos todo lo que pensábamos de su flaca, que si volvía con ella ya no sería nuestro pata y que le contaríamos a toda la facultad que salió corriendo de la discoteca dejando correr sus lágrimas y gritando que la amaba. En fin, creo que entendió que lo hacíamos por su bien.

La semana siguiente Chizo nos contó que volvió a encontrarse con ella, pero no se preocupen, no era tan huevón mi pata. Ella le pidió perdón, le dijo que la droga a veces le hacía hacer cosas que ella no quería (aunque cuando la vi besándose con su amigo sí parecía que quería, ¡ah!), pero Chizo se puso bien los pantalones y la dejó ahí. Ese fue el final de su historia juntos.

Después de la gran historia amorosa de mi pata Chizo, él entendió que tenía que salir más, ya que su madurez en el amor era la de un niño de diez años, así que, para que no se enamorara de la primera chica que lo mirara, tenía que conocer más chicas, tener muchas o algunas enamoradas. Así cuando conozca a la adecuada sabrá qué errores no tiene que cometer.

Ojo, no tengo nada en contra los amores de toda la vida, esas parejas que se conocen casi desde niños y se terminan casando a eso de los treinta años. Desde mi punto de vista, una persona debe conocer a muchas personas o tener algunas relaciones amorosas para saber qué es en realidad lo que uno quiere, cuáles defectos puedes aguantar y cuáles no. Eso no lo aprendes en una sola relación, salvo que tengas la suerte de encontrar a una pareja que te deje crecer junto a ella; es decir, que no se moleste cuando te emborraches con tus patas o cuando viajes con tus amigos, alguien que te permita quemar tus etapas conforme vas creciendo y que te deje ser tú mismo.

Ojo otra vez, esto es lo mismo para las mujeres, nada de buscarse parejas tóxicas o estar con tu enamorado años tras años solo porque fue el primero o porque te acostumbraste a él. Si te sientes feliz y sientes que tu pareja no te frena en nada, si sientes que te valora, que te suma, que no se enoja cuando quieres salir con tus amigas o amigos, entonces es el indicado y si tu primer enamorado cumple con este perfil, bien por ti.

En fin... nuestra vida en la universidad seguía y nuestras salidas nocturnas siguieron también, al menos cada dos semanas nos íbamos de juerga. En una de esas salidas a la discoteca vi a una chica que me parecía algo familiar, pero no me acordaba de dónde la conocía. Me acerqué un poco más para verla y ahí ya me acordé de ella, era la ex enamorada de Beto, Sandra. ¿Se acuerdan de Sandra? La que me ayudó a volver con Andrea en Ilo, cuando me convertí en un perro de pedigrí al sacarle la vuelta en plena discoteca. Ella terminó con Beto un año después de ese viaje que tuve a Ilo, porque le contaron que andaba con otra chica. Bueno, así era mi amigo, no era muy tranquilo que digamos. Era un buen chico, pero no estaba aún para relaciones serias.

Volviendo a ese día, ella me miró y también se acordó de mí:

—Hola, Juan Carlos, a los tiempos, ¿cómo estás?

—Ahí, todo bien, con unos amigos de juerga —contesté —¿Sigues con Andrea?

—No —hablé con algo de vergüenza—. Duramos unos meses más, pero creo que no la quería como pensaba.

—Pucha, qué pena. Yo tampoco estoy con Beto, terminamos hace tiempito.

—Sí, me enteré —le dije con algo de pena—. Más bien, muchas gracias por esa vez, creo que nunca te di las gracias.

—No te preocupes. Oye, yo estoy en una mesa con unas amigas, ¿por qué no vienen y hacemos mancha?

Claro que mis amigos no tenían ningún problema en acercarse, así que nos juntamos y bailamos con sus amigas toda la noche. Ahí tuve tiempo de conversar más con Sandra, me contó que estaba estudiando odontología en la universidad privada y las chicas con quien fue estudiaban con ella. Ellas estaban viviendo en una pensión donde solo vivían mujeres. Siguió la noche y después de un rato Sandra se acercó a mí:

—Juanca, le has gustado a una de mis amigas.

—¿En serio, Sandra? ¿A cuál de tus amigas?

—A Paty, la de pelo rubio, pero con su plata, ja, ja, ja.

—¡Oh! Entonces, cuando venga, la sacaré a bailar —le hablé muy entusiasmado.

—Pero ni se te ocurra decirle que te conté, ¡ah!

—No te preocupes.

Sus palabras fueron música para mis oídos, ya había pasado tiempo después de mi última desafortunada relación amorosa, así que estaba listo para una nueva aventura del corazón. Tomé fuerzas y le dije para salir a bailar apenas llegó del baño. Al tener conocimiento de una información tan valiosa, como el saber que yo le gustaba, entonces para mí era más fácil poder cortejarla sin sentir miedo al rechazo. Además, ya estaba con los efectos del alcohol, así que ese día me convertí en la persona más atractiva, chistosa y conversadora de la discoteca, hasta yo quería estar conmigo mismo.

Al poco rato todo cayó por su propio peso y nos comenzamos a besar. Seguimos bailando e íbamos de un lado a otro agarrados de la mano, cual enamorados. Ya era como las 3:00 a. m. y ella me dijo que se iba, entonces todos decidimos irnos también. Fue una noche muy bacán, nadie se podía quejar, aunque creo que a mí me fue un poco mejor.

Al día siguiente desperté como a las 10:00 a. m., lo primero que hice fue agarrar el celular y escribirle a Paty. Le escribí un mensaje de texto diciéndole que ayer la había pasado muy bien y que esperaba seguir viéndola; ella me respondió algo parecido.

Esta vez ya estaba más tranquilo, no quería casarme con ella ni querer estar con ella al día siguiente, dejaría que las cosas pasaran y a ver a dónde me llevaban, estaba aprendiendo de mis errores.

Pasaron unos dos meses de estar saliendo y le dije para estar. Esos dos meses fueron muy bonitos, todo hacía presagiar que nos íbamos a llevar muy bien como pareja y así fue, sin querer llegamos a un año de relación. Yo ya estaba por el tercer año de estudios en la universidad y ella por el segundo. Dentro de nuestro tiempo ajustado para los estudios, siempre nos las ingeniábamos para vernos sin sacrificar nuestras notas.

Al comienzo de nuestra relación yo invitaba cuando salíamos al cine o a comer algo ligero, pero cuando ya estuvimos poco a poco le iba diciendo que no tenía plata, así que nos acostumbramos a que cada uno pagara su cuenta, el presupuesto no me daba para más. Para mi felicidad, no se hizo problemas.

Ese mismo año también seguí en contacto con Sandra, de vez en cuando nos mensajeábamos. Cuando hablo de mensajes me refiero a mensajes de texto, ya que en esos tiempos no había aplicaciones para chatear con planes casi gratuitos. En esos tiempos los mensajes de texto eran limitados y, como todo universitario, mi plan era súper básico, no tenía mucho saldo. De vez en cuando quedaba con Sandra para tomar un helado o comer una empanada en la esquina de su casa y nos poníamos a conversar durante horas. Ella me contaba sus problemas y yo los míos.

Un día, después de quedar con Sandra, tenía que ir a buscar a Paty a la misma casa donde ellas vivían. El cuarto de Paty estaba al costado de Sandra. Después de comer nuestra respectiva empanada, entré a la casa con Sandra. Ella me dijo que si quería podía esperar en su cuarto mientras llegaba Paty. Estuvimos allí conversando durante quince minutos más y llegó Paty. Al verla pasar por la ventana abrí la puerta:

—Hola amor, ¿qué tal te fue?

Paty se quedó callada un rato, como quien no esperaba que su enamorado salga del cuarto de su amiga.

—Bien, amor, me fue bien.

Al poco rato salió Sandra y nos quedamos conversando los tres por unos minutos.

Pasado un mes desde este evento volví a quedar con Sandra para dar una vuelta y ahí ella me contó que Paty estaba distinta, que empezó a salir con un grupo de amigas que les llamaban *las turistas*, porque a veces iban a clases, se quedaban conversando en el patio y me dijo que Paty también había faltado a algunas clases por quedarse conversando con su grupo.

Después de esa conversación, en la siguiente salida con Paty toqué el tema de manera disimulada, para que no se diera cuenta que su amiga me había contado:

—Amor, ya no te ves mucho con Sandra, ¿no?

—Sí... sí me veo con ella, quizás no tanto como antes, pero sí me veo con ella.

—¿Y por qué ya no se ven tanto? —insistí.

—No lo sé... es que Sandra a veces se mete en donde no la llaman, es muy metiche.

—Pero, ¿qué ha hecho ella para que pienses así? —insistía, tratando de sacar la información de a pocos.

—Por ejemplo, ¿qué hace ella conversando tanto contigo? Me han dicho que a veces los ven juntos.

—Sandra es mi amiga, solo eso— le dije. Y ya que hablamos de esto, una pregunta: ¿te molestó cuando yo salí de su cuarto esa vez?

—No... no me molestó, pero igual es una metiche.

Con eso entendí que sí le había molestado. Quizás no me puse en su lugar, no fui empático, porque pensándolo bien a mí también me habría molestado que un amigo salga de su cuarto. Pero bueno, ya estaba hecho.

—Disculpa si te molestó que haya estado en su cuarto, no volveré a hacerlo.

—Haz lo que quieras —me contestó, ahora más enojada.

Me quedó de experiencia no volver a hacer eso nunca más. No me refiero a entrar al cuarto de mi amiga, sino a nunca pedir disculpas cuando el tema ya estaba casi solucionado, ya que abres una nueva puerta. Mejor quedarse calladito. Cuando tu pareja piensa que algo no es tan malo, al tú pedirle disculpas, ella o él ahora sí pensará que es algo malo. Entonces ahí te manda toda su artillería y ya perdiste. Volviendo al tema, seguí hablando con ella: —¿Y por eso ya no vas a clases y paras con un grupo de lagartonas que se tiran la plata de sus viejos en lugar de aprovecharla en sus estudios?

Ahí ya se me olvidó toda mi estrategia para que no se entere lo que Sandra me contó.

—¡Carajo! ¿No te digo que Sandra es una metiche? Tú no sabes quiénes son ellas, son buenas personas. Yo no me meto con tus amigos, así que no te metas con las mías.

La discusión siguió, flores salieron de nuestras bocas durante un rato. Creo que fue la peor pelea que tuvimos. Como en toda relación de jóvenes, las peleas son parte del proceso de conocerse, así que mientras no se falten el respeto y mientras las peleas no sean muy seguidas, todo es solucionable.

Así fue, a la siguiente semana nos amistamos y todo siguió como siempre, aunque ella aumentó la frecuencia con la que salía a juerguear con sus amigas. Ya no salía con Sandra, sino con sus amigas las turistas. Cuando empecé a preguntarle por sus notas, Paty contestaba que estaba bien, aunque Sandra me contaba que ya había jalado varios cursos. Tarde o temprano iba a ser necesario que volviera a hablar con Paty, así que como nunca me pude aguantar y hablar lo que pienso, entonces un día la fui a buscar y hablé:

—Paty, quiero hablar contigo. Quiero saber qué te pasa, ya no eres la misma, ahora sales un montón, no vas a tus clases, seguro que hasta jalaste cursos. Tú no eres así.

—Yo sigo siendo la misma, Juan Carlos. Más bien tú eres el que ha cambiado desde que paras con Sandra.

Cuando ves que por el lado de tu pareja no vas a encontrar una actitud abierta a escuchar y analizar las cosas de verdad, entonces pierdes tu tiempo en pelear. Serán peleas infinitas en las cuales se dirán muchas cosas, pero nadie sacará algo bueno. En esos casos te quedan dos opciones: seguir con tu pareja y te las aguantas hasta que algún día revientes o cortas por lo sano y que cada uno siga su vida. La segunda opción siempre es la más recomendable, pero a esa edad no estaba lo suficientemente maduro como para tomar decisiones correctas. Ese día me di cuenta de que no podía ganar la pelea, así que preferí no seguir y tratar de amistarme con ella. Después de un rato discutiendo nos abrazamos y nos dimos un beso:

—¿Qué vas a hacer ahora? —le pregunté—. ¿Me puedo quedar o tienes que estudiar?

—Sí... pero mañana temprano. Mejor ahora me voy a dormir para estar más descansada —me contestó bostezando.

Después de terminar nuestra conversación fui hacia mi casa, no sin antes darle muchos besos, todo un huevoncito cursi. Al llegar, me tiré en mi cama a ver televisión y a eso de las 11:00 p. m. sonó mi celular. Era Lalo. Dentro de mí dije: «¿qué querrá este huevón? Seguro quiere irse de juerga».

—Locaza, ¿qué pasó? ¿Estás de juerga?

—Sí, pero pensé que estabas por acá. ¿No estás en la discoteca? —me contestó.

—No, estoy en mi casa, ¿por qué?

—¡Ah, carajo! —lo dijo despacio y preocupado.

—¿Qué pasó? —contesté más acalorado.

—Nada... solo que vi a tu flaca acá en la discoteca. Vine con unos patas del colegio y la vi con un grupo de amigos y amigas, pero creo que no me ha visto. Estoy noventa y nueve por ciento seguro de que es ella.

Apenas me dijo eso, reaccioné con rapidez:

—Te caigo en unos veinte minutos, no te muevas de ahí.

Y así fue, creo que llegué en menos de diez minutos. Al llegar vi a Lalo y lo primero que le pregunté fue:

—¿Dónde está?

Él volteó y ahí pude ver a Paty en una juerga brava con sus amigos y amigas. De inmediato me acerqué:

—Hola, Paty... pensé que estabas durmiendo.

Ella dejó de bailar y se quedó parada viéndome algo confundida. En verdad no esperaba verme ahí.

—Tú también me dijiste que te ibas a tu casa —se notaba que trataba de defenderse de alguna forma.

—Así lo hice, hasta que me avisaron que estabas acá y quería verlo con mis propios ojos.

—Es que... no sé qué pasa, Juan Carlos. Ya no me siento tan bien contigo, prefiero salir con mis amigas y amigos.

El amigo que estaba bailando con Paty le habló al oído, habló bien bajo para que no lo escuchara, pero pude leer sus labios:

—Deja a ese huevón y quédate conmigo —le dijo.

Ella sonrió y lo empujó. Las amigas que estaban con ella me jalaron a la pista de baile y comenzaron a hablarme.

—Tú eres Juan Carlos, ¿no?

—Sí —respondí algo incómodo.

—Vamos a bailar —y se pusieron a bailar conmigo. Ellos eran tres mujeres y tres hombres.

Me puse a bailar con ellas un rato, pero mi cabeza estaba en otro lado. Yo quería hablar con Paty y arreglar las cosas. Al rato, me acerqué a donde estaba ella y le pregunté si podíamos conversar. Ella me dijo que ahí no, que conversáramos mañana porque estaba con sus amigos.

—Pero dime, pues, Paty, ¿quieres terminar conmigo? ¿No te sientes bien en esta relación?

—No es eso, Juan Carlos. Pero creo que las cosas han cambiado.

En plena conversación llegó una de sus amigas.

—Paty, vamos a ir al auto de Jhon a seguir tomando.

Jhon era el chico que estaba bailando con Paty cuando entré a la discoteca. Se notaba que quería algo más que amistad con ella y lo demostraba sin ningún respeto hacia mí, por lo visto. Una de las amigas de Paty me dijo que también estaba invitado y, como yo sentía la necesidad de aclarar las cosas, acepté. Cuando estaba saliendo, Lalo se me acercó:

—Huevón, ¿a dónde vas?

—Voy a ir con la mancha de Paty a seguir tomando.

—Pero, ¿confías en ellos? No vaya a ser que te desgracien.

—No te preocupes, Locaza, si pasa algo te llamo.

Salimos de la discoteca a eso de la una de la mañana, fuimos al carro de Jhon y ahí ellos tenían ron. Estacionó su carro por un parque, abrió las puertas y puso su equipo de música a todo volumen. Las chicas empezaron a bailar y, como vieron mi cara de culo, una de ellas se me acercó y comenzó a bailar conmigo.

Bueno, no quedaba otra que divertirse, así que empecé a bailar, olvidando por un rato que mi relación estaba hasta las huevas. Después de bailar me acerqué otra vez a Paty para tratar de hablar con ella. Tenía más cara de culo que yo.

—¿Por qué no sigues bailando con mi amiga? Se te veía bien entretenido —me dijo con algo de cinismo.

—¿Qué te pasa, Paty? Solo estaba bailando, ¿qué más querías que hiciera si tú ni siquiera me quieres hablar?

Ella volteó y no me contestó. Jhon se le acercó otra vez y volvió a hablarle al oído. Esta vez sí escuché:

—¿Te está molestando? Si quieres lo boto a patadas, ¿ah?

Yo no dije nada, estaba a punto de tirar la toalla y mandar a todos a la mierda, pero me aguanté y decidí persistir. Llegando las 3:00 a. m. las chicas ya querían irse, así que todos subimos al carro. Me acerqué otra vez a Paty, le dije que necesitaba hablar con ella para arreglar las cosas y me dijo que habláramos en su casa.

Haciendo un paréntesis, lo que yo estaba haciendo estaba mal. No es bueno tratar de arreglar algo importante con tu pareja cuando estás enojado. Por lo general, empeoras la situación y a veces dices cosas de las que te puedes arrepentir. Lo peor es que cuando ofendes a alguien, a veces esas palabras o actos nunca pueden ser borrados y dejas una mancha que permanecerá por siempre en tu relación. Esas manchas terminan por desgastar y eliminar el amor que existe.

Recapitulando: subimos al auto de Jhon, Paty se sentó en el asiento del copiloto y yo me senté en el asiento trasero, al lado de la puerta. Primero fuimos en dirección a la casa de Paty. Al llegar, yo abrí la puerta y bajé. Paty también abrió la suya, pero cuando yo bajé, la volvió a cerrar y dijo:

—Vamos.

Me dejó frío y, señoras y señores, Juan Carlos se quedó parado en medio de la calle.

Lo peor es que no me alcanzaba para el taxi, así que ni siquiera podía ir a mi casa. Era como las 3:30 a. m. Agarré el celular y llamé a Lalo. Por suerte me contestó, no sé cómo habrá escuchado mi voz, pero llegó muy rápido.

—¿Qué pasó, Locaza? —me dijo algo preocupado y le conté toda la historia.

—¡Puta madre! Esa flaca en serio te cagó, pero ya pasará, Locaza. Te voy a llevar a un lugar en donde te vas a sentir mejor.

Yo pensé que íbamos a ir a algún sitio para comer algo, pero debí sospechar que no sería así. Me llevó a un burdel.

Obviamente no pensaba tener algo con una prostituta. Respeto mucho su sacrificado trabajo, pero para mí nunca fue una opción al momento de buscar chicas.

En fin... logró su cometido. Nos comenzamos a cagar de risa con las señoritas meretrices y al menos esa noche olvidé lo que había pasado. Llegué a mi casa como a las 5:00 a. m. Tuve que entrar casi gateando porque tenía miedo de que mi mamá se despertara y viera a qué hora llegaba su hijito y, lo que es peor, con olor a colonia barata de burdel.

Después de dormir varias horas me sentí mucho mejor, ya lo peor había pasado. Cuando una persona te hiere tan fuerte o cuando te decepciona de una manera irreparable duele bastante, pero esa decepción te abre los ojos, te hace pasar de un estado de cojudo enamorado a una persona con personalidad que no se dejará pisotear. Además, me dejaba muy tranquilo saber que hice todo por seguir con ella y que no tenía ninguna culpa en ese abrupto rompimiento.

A los pocos días quedé en encontrarme con Sandra. Quería contarle todo lo que había pasado. Fuimos por un postre a la tienda de la esquina y cuando estaba en pleno chisme sonó mi celular. Era un número desconocido. En ese tiempo los celulares tenían la opción de ocultar el número para que el receptor de la llamada no viera quién es. Contesté sin saber quién era y a que no adivinan de quién se trataba. Así es: era Paty.

—Hola, soy Paty —me habló con una voz no tan altanera como la última vez que conversamos.

—Hola. Dime, te escucho —dije con una voz tan seria que Sandra se dio cuenta de que algo pasaba en esa llamada.

—Ah, bueno, yo solo quería pedirte disculpas por lo del fin de semana pasado. Estaba tomada y no me comporté bien.

—Ok. ¿Eso es todo? —pregunté.

—Eh... sí —me contestó algo confundida.

—Ok, todo bien. Chau, cuídate —y colgué la llamada.

Me sentí muy orgulloso al colgar, me sentí vengado. Sé que la venganza no es buena, pero no saben cómo disfruté esa corta llamada, todo un orgasmo.

Sandra, como es obvio, quería saber quién era. Le conté que era Paty y le terminé de relatar la historia. Esa vez fue la última vez que hablé con Paty. Algunas veces me pareció haberla visto por ahí, pero nunca me interesó saber de ella. Ese fue el final de nuestra historia juntos.

Durante los siguientes años en la universidad no tuve otra enamorada. Salí con algunas chicas, pero no llegué a estar en una relación. Mi pata Chizo tampoco, creo que quedó marcado por su último noviazgo. El que nunca tuvo problemas de parejas fue Lalo. Estaba con una chica y, como máximo, duraba medio año, luego empezaba con otra y así. Él tenía su forma de vivir y le funcionaba muy bien.

Nosotros no éramos los mejores alumnos de la facultad, pero sí estudiábamos cuando había que hacerlo. Éramos responsables dentro de todo. No les voy a mentir: jalamos algunos cursos, algunas veces faltábamos a clases y eso afectó en algo nuestro rendimiento, pero lo gozado y bailado nadie nos lo quita, ¿no?

Capítulo 6: Mi adultez (cambios)

Parte 1: Regresando a mi tierra

Los años en la universidad se pasan rápido. Los recuerdo con mucho cariño porque, a pesar de las malas experiencias amorosas, salí bastante y juergueé bastante. Además, conocí a muchas personas y, por qué no decirlo, crecí como persona. Sin darnos cuenta ya estábamos en quinto año y esa época estaba a punto de terminar, pero no podíamos quejarnos: fueron unos de los mejores años de nuestras vidas.

El término de la universidad significó muchos cambios para mí. Conseguí trabajo como practicante en una minera que quedaba a cinco horas de Arequipa. Lalo obtuvo una beca para irse a estudiar a España; mi pata era bien pendejo, pero era bueno con los estudios. Chizo se quedó en Arequipa a hacer algunos trabajos con su papá, que era arquitecto. El último día que nos vimos en Arequipa fuimos a jugar billar, al mismo lugar a donde íbamos cuando teníamos algunas horas libres en la universidad y también cuando a veces no queríamos entrar a clases. Nos tomamos unas cervezas y brindamos por un buen futuro.

En febrero de 2004 viajé a Ilo, hacia el inicio de mi vida laboral. Felizmente me tocó trabajar en la tierra donde nací, así que no tenía que preocuparme por dónde iba a vivir porque allá tenía casa. Por supuesto, la despedida familiar fue muy triste, mi mamá lloró mucho cuando me fui. Su hijo menor estaba abandonando el nido, iba a vivir solo y, claro, a los padres les entra todo tipo de preocupaciones. Pero así es la vida: tarde o temprano tenemos que dejar el hogar y creo que es muy bueno, porque cuando vives con tus padres te engríes bastante, tienes comida en la mesa, no haces muchas labores de limpieza, no lavas, no planchas, etc. La vida es muy fácil cuando tienes a tus padres: nunca te falta nada. Pero cuando vives solo, si quieres tomar desayuno, almorzar o cenar depende de ti, nadie te va a poner la comida en la mesa. Si quieres planchar, lavar o limpiar, tienes que hacerlo tú mismo. Si te enfermas, tú mismo tienes que ir a traer tus medicamentos; es decir, eres tú contra el mundo. Aunque no lo crean, vivir solo te ayuda mucho a ser mejor persona: dejas los engreimientos, aprendes a hacer tus cosas por ti mismo y te preparas mucho mejor para las siguientes etapas de tu vida, sobre todo para tu vida de pareja. De verdad, amigos, te ayuda a madurar mucho.

Como era vacaciones aún, mi amiga Sandra estaba en Ilo, así que el primer fin de semana salí con ella y me presentó a todos los amigos que tenía allá, como que fue mi presentación en sociedad. Mi estómago y mi hígado ya estaban preparados para la juerga, así que no tuve problemas en ponerme a la par con los chicos y chicas de allá. Mientras estuvo mi amiga en Ilo salimos todos los fines de semana.

A mediados de marzo, Sandra tenía que ir a Arequipa a continuar con su último año de estudios, así que me quedé solo, pero al menos ya conocía a algunas personas, así que era cuestión de ir acoplándome a la vida de allá.

La vida en el trabajo era algo desgastante, porque como yo era el nuevo me hacían realizar de todo y me explotaban bastante. Bueno, era parte del derecho de piso que tenía que pagar, así que no me podía quejar. Lo peor de este trabajo era que los sábados también tenía que ir. Era solo hasta el mediodía, pero igual los viernes tenía que irme a descansar temprano.

A los dos meses, más o menos, Sandra regresó a Ilo a visitar a su familia, así que aprovechamos para vernos. Ese fin de semana volvimos a salir con su mancha, pero esta vez estuvo una nueva chica en el grupo. Se llamaba Érika, era muy linda. Conforme pasaba la noche poco a poco trataba de acercarme a ella y sin querer llegué a su costado. Sandra ya me conocía muy bien, por eso se dio cuenta de inmediato que su amiga me gustaba, así que apenas pudo me preguntó:

—Te gusta Érika, ¿no?

—Un poco, ja, ja, ja —respondí con cara de cojudo.

—Voy a ver si eres correspondido.

La noche siguió y al poco rato otra vez se me acercó Sandra.

—No me ha dicho de forma explícita que le gustas, pero yo creo que sí.

—Pero, ¿por qué estás segura de que le gusto también?

—Tú hazme caso, yo conozco a mis amigas.

Después de lo que me dijo Sandra, intensifiqué mi acercamiento a Érika, pero sin asustarla, no quería malograr todo antes de iniciar. Ese día solo conversamos mucho y creo que ambos nos caíamos bien. Al menos logré que pudiéramos intercambiar números.

Ella no vivía en Ilo, trabajaba en Tacna, una provincia que queda a dos horas de viaje de allí, pero le gustaba ir a Ilo porque ahí vivían sus padres y más o menos viajaba dos veces al mes. Después de esa noche seguimos comunicándonos, ya fuese por chat o por mensajes de texto. Me dijo que regresaría en dos semanas, así que quedamos para salir cuando ella regresara.

Esta vez ya no saldríamos en grupo, sino solo los dos. La fui a buscar a su casa y salió el hermano con una cara de pocos amigos, creo que era algo celoso pero no iba a estar con él, así que no me importaba. A los minutos salió Érika, se había arreglado muy bien, estaba con una falda algo corta y con un peinado muy sexy. Creo que babeé todo el ingreso de su casa.

Fuimos a tomar unas cervezas a un bar cerca de una discoteca, porque mi interés era ir después a bailar. No sé por qué se me hacía más fácil darle un beso a una chica en una discoteca que en un bar. En la discoteca podía ir acercándome poco a poco e intentar abrazarla. Si ella me correspondía, entonces seguía acercándome más hasta darle un beso y ahí comenzaba todo. En cambio, en un bar me era más complicado el proceso, pues estás sentado pero separado de la otra persona. Por lo general una mesa es lo que te separa, entonces tienes que ser más osado. Es todo o nada. Si te acercas a darle un beso y ella te corresponde, bacán, pero si no, es bien incómodo.

Bueno, estuvimos en el bar y, como les dije, ahí se me complicó acercarme mucho a ella. Fui a mi plan original: llevarla a la discoteca. Le dije para ir a bailar y aceptó. Entramos a la discoteca y me acordé de lo que había pasado allí hacía años. Eran una mezcla de recuerdos buenos y malos por las pendejadas que hice con Carla y Andrea, pero ahora era otro momento, así que a olvidar lo pasado. Creo que ya había pagado mis culpas.

A mí siempre me gustó bailar. En mi humilde opinión lo hacía bien, no era John Travolta, pero sí tenía mi ritmo. Así que apenas entramos compré unas cervezas personales y nos fuimos a la pista de baile. Al poco rato comencé con mis estrategias de acercamiento disimulado y veía que ella no se alejaba. La abracé y me correspondió el abrazo, así que fui con todo a darle un beso e hizo su cabeza hacia atrás:

—¿Qué somos? —me preguntó, con una sonrisa que ocultaba alguna intención.

—Somos amigos, ¿no? —respondí, correspondiendo la sonrisa.

—Pues yo no beso a mis amigos.

—Entonces, ¿qué quieres que seamos? —pregunté, pero en realidad le iba a dar lo que sea por su beso. En ese momento uno no piensa, solo quieres besarla, no importa lo demás. Si hubiera tenido un auto en ese momento, se lo daba con tal de que me besara.

—Pues no sé, tú tienes que decirme eso —ahí entendí que ella no quería decirme que quería estar, yo tenía que ser el huevón que lo dijera.

—¿Quieres ser mi enamorada? —contesté sin pensarlo, a lo que obviamente me dijo que sí y procedimos a darnos un súper beso.

Todo después fue muy chévere. Pasaron los días y nos seguíamos comunicando. Los mensajes cada vez eran más cursis, pura melosidad. Si hubiera sido diabético, me habría muerto en días.

Como ella no estaba todos los fines de semana, comencé a salir con el resto de amigos de Sandra. La gente era buena onda y sí que sabían juerguear. Ellos empezaban jueves y terminaban domingo, aunque yo solo me les unía los sábados. Cuando Érika venía, a veces salíamos en mancha y otras veces solos.

Pasaron unos meses de una buena relación, aunque a distancia. El estar de lejos no te permite conocer muy bien a la persona, así que puedes estar mucho tiempo sin saber cuáles son todos sus defectos y virtudes. Hasta ese momento yo no conocía algún defecto de Érika, al parecer era la mujer perfecta, ¡pero nadie es perfecto! Solo tenía que conocerla más para darme cuenta.

Un día me llamó en la noche. Conversamos como cualquier otra ocasión y me preguntó por qué no la llamaba todos los días. Yo le expliqué que a veces me quedaba hasta tarde en el trabajo y llegaba directo a dormir, pero le dije que, aunque no la llamaba todos los días, sí le escribía todos los días. A ella no le parecieron muy contundentes mis argumentos, así que de inmediato me contestó:

—Sé que me escribes todos los días, pero yo quiero hablar contigo a diario. Es que te extraño y quiero escuchar tu voz todos los días, pero pareciera que tú no tanto.

Dentro de mi cabeza se dibujaron miles de interrogantes. O sea, ¿qué le pasaba? También trataba de entender su posición, quizás por lo que vivíamos separados, no sé, quizás eso no era ninguna mala señal.

—Yo también te extraño mucho, amor. Te voy a llamar todos los días para que no nos extrañemos mucho, ¿ya?

Una cosa es cierta: a nadie puedes obligar a hacer algo que no le nace. No me gustaba que fuera forzado, pero ni modo, así estaban las cosas.

En las siguientes semanas el tema se agravó. Nuestra relación ya no era melosa, era miel pura y bien densa. Ella se volvió demasiado atenta, por así decirlo. Me escribía a cada rato, me llamaba en el desayuno, almuerzo, cena, hasta cuando estaba en el baño. Llegó a un punto que ya no podía seguirle el ritmo y, para serles sincero, ya no me estaba gustando mucho. Era muy linda pero demasiado intensa y superó mis límites. Sin embargo, quería seguir con ella así que trataba de amoldarme. Siguieron pasando los días y mi relación se hizo rutina, al punto que ya no quería seguir con ella, pero por maricón no se lo decía.

Por un tema de trabajo, Érika tenía que viajar a una zona donde no había señal de celular, solo había un teléfono en el pueblo pero era limitado. Ella estaría ahí por dos semanas, así que ese sería un tiempo que me serviría para ordenar bien mis ideas con respecto a mi relación. El fin de semana siguiente salí con mis amigos y amigas de Ilo. Quedamos en encontrarnos en el mismo bar de siempre y, cuando llegué, vi que en el grupo había una persona más. Me acerqué más y no podía creer quién estaba ahí. A que no adivinan quién era.

a. Mi mamá.
b. Lalo.
c. Sandra.
d. Otra vez mi vecina.
e. Ninguna de las anteriores.

Creo que no le atinaron. Cuando llegué al bar, Andrea estaba sentada con mis amigos. Se acuerdan de Andrea, ¿no? La chica de pelo negro, ojos grandes, alta y con bronceado perfecto. Ella nunca se había enterado en verdad de lo que pasó ese día con mi primera enamorada, solo supo que era un buen chico con el que se besó esa vez. Cuando llegué, ella también me reconoció:

—Hola, Juan Carlos, ¿cómo estás? Ha pasado mucho tiempo, ¿no?

—Hola, Andrea. Sí, verdad, ha pasado mucho tiempo.

Comenzamos a conversar y conversar hasta que el tiempo no importó. Las horas volaron y la pasamos tan bien. Ella me dijo que había terminado la universidad en Lima y que se había presentado a varias entrevistas de trabajo, pero aún nada. Me dijo también que se iba a quedar toda la semana y eso me dejó ansioso.

Ese día ella me miraba como esa vez, poco antes de darnos el primer beso. Parecía que solo dependía de mí para besarnos otra vez y recordar esos momentos.

A veces hay que tomar decisiones que quizás afecten el resto de tu vida y ese día tomé una decisión: no volver a ser un perro. Ese día no podía pasar algo entre nosotros porque tenía enamorada, así que le dije para vernos el resto de la semana. Me di cuenta de que lo mío con Érika no podía seguir. Si otra chica me movía el piso significaba que los sentimientos ya no eran los mismos. Ese día vi la señal que me faltaba para decidirme, pero ahora la gran interrogante era: ¿cómo hablaba con Érika si es que donde estaba no había señal de teléfono?

De verdad quería seguir viendo a Andrea, pero no era algo correcto si seguía con enamorada. Entonces, como todo buen muchacho que está en proceso de aprender de sus errores, decidí no ir a trabajar el lunes e irme a la zona donde estaba Érika para hablar con ella. El lunes desperté como a las 5:00 a. m., fui al terminal terrestre y tomé un bus a Tacna. De ahí tenía que viajar unas dos horas hacia la sierra para llegar al campamento en donde estaba trabajando Érika.

Ese día tenía que arreglar mis temas sentimentales, porque al día siguiente iba a verme con Andrea. Yo sé que las cosas muy apresuradas a veces no salen bien. No estaba del todo bien que viajara para terminar una relación y al día siguiente besarme con otra chica, pero al menos estaba haciendo las cosas mejor que la última vez, ¿no? Bueno... al menos eso quería pensar. Tenía que correr ese riesgo, pasara lo que pasara, lo iba a intentar.

Llegué al campamento como al mediodía, comí algo a la ligera porque mi tiempo era escaso y tenía que arreglar mi situación con Érika. Fui a la empresa donde trabajaba y pregunté por ella:

—Por favor, necesito ubicar a la señorita Érika Rodríguez.

—Ella no se encuentra, ha salido a una expedición con un grupo de geólogos. Debe llegar como a las 10:00 p. m.

Yo no podía esperar tanto tiempo, era un lujo que no podía darme, así que decidí ir a buscarla. La única forma de llegar era en camioneta, así que tenía que esperar a alguien que me pudiera jalar o acercar hacia esa zona.

Comencé a preguntar a cada auto o camioneta que pasaba por la zona si podía ayudarme. Después de una hora preguntando, un señor que estaba llevando animales hacia su pueblo me dijo que no iba hasta allá, pero que podía acercarme bastante. No lo pensé dos veces y subí a su camioneta. Bueno, a la tolva, porque su asiento delantero estaba ocupado. Tuve que hacerme campo al costado de unos chanchitos y corderitos. Después de unos cuarenta minutos de viaje, el señor se detuvo y me dio instrucciones de cómo llegar.

—Mira, flaco, ¿ves una antena que está cruzando esos dos cerros? Ahí tienes que llegar, serán unos treinta minutos caminando.

Bueno... creo que el señor hizo mal sus cálculos porque llegué en casi una hora. Llegué casi a las 4:00 p. m. Por suerte llevé mi botella de agua de litro, así que tomé la mitad para recuperar mi aliento. Con rapidez pude ubicar a Érika. Ella, por supuesto, se quedó muy sorprendida de verme:

—¿Juan Carlos? ¿Qué haces acá? ¿Cómo llegaste hasta acá?

—Hola, es una larga historia, ¿podemos conversar?

Y platicamos por una hora. Le conté que estuve pensando en lo nuestro y que creía que ya los sentimientos no eran suficientes para seguir una relación. Ella se quedó algo confundida y preguntó lo obvio:

—Ok, pero... ¿por qué vienes hasta acá a decírmelo? ¿No pudiste esperar a que regrese o hasta que vaya a Ilo?

—*Sorry*, creo que era justo que te lo dijera de inmediato y no esperar más semanas.

Se quedó callada por un momento, como quien analiza la situación:

—No sé, Juan Carlos, esto no me parece. Sé que todas las relaciones tienen problemas, pero no por el primer problema van a terminar. Pero en fin... si eso quieres, ok, gracias por venir a terminar conmigo.

Después de conversar conmigo ella se fue a seguir con su trabajo. Yo pensé en ir detrás de ella porque igual me daba pena terminarla, todavía creo que sentía algo por Érika. O no sé, pero ya no era justo involucrarla con mis dudas, así que no dije nada y dejé que se fuera.

Ahora el reto era regresar. Ya eran como las 5:00 p. m. y me preocupaba que la noche me ganara. Traté de buscar cómo regresar, pero nadie iba a volver sino hasta las 10:00 p. m. Al poco rato alguien tocó mi espalda, era Érika.

—Juan Carlos, un amigo está saliendo ahora a Tacna, él te puede llevar.

Me dio un fuerte abrazo y se fue. Eso, señores, fue la mejor muestra de la persona que era Érika. A pesar de estar enojada, sus valores y su calidad de persona estuvieron primero, aunque eso me hizo sentir aún peor. Me perdí a una gran chica.

Con la ayuda del amigo de Érika pude llegar a Tacna a las 9:00 p. m. De inmediato tomé un bus hacia Ilo. Estaba muerto por toda la travesía que había tenido. A los minutos de subir al bus recibí un mensaje de Andrea. Me decía que tuvo que viajar a Lima porque la llamaron para una entrevista de trabajo.

No sabía si reír o llorar. Yo sabía que todo lo que hice fue muy loco, muy apresurado. Me arriesgué y perdí, perdí por completo. Me puse mis audífonos, respiré hondo y continué mi viaje. La función debía continuar, mañana me esperaba un largo día de trabajo.

A pesar de que Andrea se fue antes de que pudiéramos conocernos mejor, nos seguimos comunicando por mensajes de texto o a veces por teléfono. Pasamos como medio año comunicándonos, pero tener algo más era muy complicado por la distancia, así que por el momento nos conformábamos con ser buenos amigos. Por otro lado, en el trabajo las cosas iban bien, pero ya me parecía que era hora de tomar nuevos rumbos.

Durante mi trabajo en Ilo, mi empresa se consorció con una empresa de Lima para realizar un trabajo en una minera. Trabajé bastante con el gerente de operaciones de esa empresa y cuando ellos terminaron las obras me preguntaron si quería ir a trabajar con ellos a Lima. Las condiciones eran mucho mejores y era también una gran oportunidad. El único problema era que Lima (¡la capital!) me daba algo de miedo. En las noticias siempre escuchaba de asaltos, violencia, etc. Además, no tenía casa allá, lo cual me haría gastar mucho más.

Las oportunidades se presentan y solo queda aprovecharlas, ¿o no? Ya te darás cuenta después si fue buena o no la decisión, pero siempre un cambio para mejor es una opción que debes tomar en cuenta.

Dentro de los pros y contras de viajar a Lima había un factor, uno muy importante que haría inclinar la balanza hacia mi decisión: Andrea. Al estar en Lima ya podría pasar más tiempo con ella y, ¿por qué no?, intentar algo más. Al fin podría sacarme el clavo, así que con gran decisión acepté la propuesta para trabajar en Lima. Este viaje sería mi gran oportunidad para mejorar en el ámbito laboral y, quién sabe si también en el sentimental.

Parte 2: Una nueva ciudad

Después de estar dos años en Ilo, llegó el momento de la partida. Siempre mi tierra tuvo y tendrá un gran lugar en mi corazón, fueron muy buenos momentos y experiencias que viví.

Antes de viajar a Lima, había que hacer una escala obligada en Arequipa. Siempre que me iba a algún nuevo lugar tenía que ser con la bendición de los padres, así que cuadré todo para estar una semana en mi casa. Traté de estar el mayor tiempo con mi familia, pero igual el fin de semana estuve con mis amigos.

El viernes salí con mis amigos del colegio, pero como ellos preferían tomar que ir a una discoteca, nos encontramos en la casa de Roni, el popular Heno de Pravia. En su casa estuvimos los de siempre: Eduardo, Luis Miguel, Eddi y Roni. Él tenía una guitarra, así que nos pusimos a tocar las viejas canciones del colegio y a tomar, que era lo mejor que sabíamos hacer. Como ya los conocía, me escapé a eso de las 3:00 a. m. porque al día siguiente tenía que salir con Chizo y Sandra. Cuando mis amigos del colegio empezaban a tomar no paraban sino hasta las 6:00 a. m., por lo menos, o hasta que todos estuvieran vomitando o durmiendo en algún rincón. Mi físico ya no estaba para esos desmanes.

Al día siguiente mi mamá me preparó el desayuno, era algo que extrañaba bastante cuando vivía solo. Almorzamos todos en familia y en la tarde descansé un poco para recuperar algo de fuerzas, aunque a los veintiséis años el cuerpo aún te da para tener dos o tres días seguidos de juerga.

Ese día quedamos en salir con Chizo y Sandra. Le dije a ella que llevara una amiga para poder bailar. Yo fui a buscar a Sandra al mismo hospedaje donde vivía desde que ingresó a la universidad y donde también vivía mi exenamorada Paty, ¿se acuerdan de ella? Digo vivía porque Sandra me contó que le fue muy mal con los estudios. El dinero que le daban sus padres lo usaba para inscribirse en un par de cursos y el resto lo usaba para salir con sus amigos o para quién sabe qué. Al final, sus padres se dieron cuenta y se la llevaron a la provincia donde vivían ellos. Ella se lo buscó.

Sandra salió con una amiga bajita pero simpática, se llamaba Elvia y tenía una bonita sonrisa. Salimos rumbo a una nueva discoteca que quedaba en una avenida en donde había muchos bares. En uno de esos bares nos esperaba Chizo. Llegamos donde él y le presentamos a Elvia. En el bar nos pedimos unas cervezas y comenzamos a tomar y conversar. Cuando las chicas fueron al baño, le pregunté:

—Locaza, ¿qué te parece la amiga de Sandra? Está simpaticona, ¿no?

—Sí... pero no me gusta mucho.

—Ah, estás exigente —le dije en un tono burlón, ya que a mí me parecía atractiva, pero en gustos y colores no mandan los autores.

En el bar seguimos todos en una conversación muy amena, pero ya era tiempo de irnos a bailar.

—Ya, Locaza, es hora de irnos a la discoteca. Paguemos la cuenta.

—Ja, ja, ja, ¿por qué le dices Locaza a Chizo? —preguntó Elvia, matándose de risa.

—Ja, ja, ja, así nos decíamos en la universidad para molestarnos —y le conté toda la historia. También indiqué que Lalo no estaba porque se fue a España a hacer una maestría.

—Por si acaso, Sandra ahora también es parte de las locazas —recalqué y todos nos reímos.

Entramos a la discoteca como a las 11:00 p. m., seguimos la rutina de siempre, nos fuimos a comprar unas cervezas y yo me fui a bailar con Sandra. Después de una hora de baile, nos sentamos en una mesa y nos pusimos a conversar. Teníamos que actualizarnos, ¿qué había sido de nuestras vidas durante todo este tiempo? Por supuesto, yo le conté de mi relación con Érika, las aventuras que tuve cuando la fui a buscar, el reencuentro con Andrea, etc. Ella también me contó que le estaba yendo bien en la universidad, ese año terminaba sus clases y a la vez estaba trabajando en su tesis para poder graduarse y poder irse a Lima a buscar trabajo. Esa era su meta desde que la conocí. Fue muy bueno volver a verla, se convirtió en mi mejor amiga y hablar con ella siempre me hacía bien.

Al poco rato nos dimos cuenta de que Chizo y Elvia no estaban cerca de nosotros.

—¿Dónde están Chizo y tu amiga? —pregunté.

—Yo tampoco los veo, ¿vamos a buscarlos?

Fuimos a buscarlos, nos dirigimos hacia otro ambiente y con mucha sorpresa ahí los vimos. Chizo estaba trepado casi encima de la flaca y ella estaba dándole un beso inmenso, tanto que cubría la nariz y boca a la vez. Era todo un espectáculo verlos, parecía una escena de lucha libre. Sandra y yo nos matamos de risa, no esperábamos esa escena.

La pasamos muy bien ese día. Bueno… aunque un poco más mi amigo Chizo, pero me hizo muy bien ver a todos mis amigos, tomé muchas energías para afrontar lo que venía.

Cuando salimos de la discoteca, primero tomamos un taxi. Yo me senté adelante, Sandra, Elvia y Chizo atrás. Como imaginarán, Chizo se sentó al costado de Elvia y siguieron besándose todo el camino. No sé cómo hicieron para poder besarse y respirar a la vez. Dejamos a las chicas en sus casas y continuamos con Chizo el camino a la mía y luego a la suya:

—Huevón, menos mal que no te gustaba Elvia, no me quiero imaginar qué hubiera pasado si te gustaba, ja, ja, ja —se lo dije en un tono muy burlón, por supuesto.

Chizo solo se rio y nos despedimos hasta una siguiente oportunidad.

El domingo, al mediodía, viajé a Lima. Las despedidas siempre son difíciles, mi madre lloró mucho otra vez, ahora me iría a un lugar más lejano y ya no podría visitarlos tan seguido, pero así es esto, es parte de crecer, ¿no? Viajé en bus porque no me daba para más.

Llegué a Lima en la mañana del lunes. Para mi felicidad, Andrea me había ayudado a buscar un departamento en Lima, así que llegué directo a mi nuevo hogar, un dormitorio con baño propio. Era una zona bonita y la habitación no estaba mal. Era el inicio de una nueva etapa.

Ese mismo día fui a mi nuevo trabajo. Las personas eran amigables ahí, solo mi jefe era algo especial. Él ejercía un liderazgo coercitivo, algo que en esos tiempos todavía se usaba bastante. Pero, en fin... había que seguirle la corriente y todo estaba bien. Como parte de mis responsabilidades, tenía que ir a trabajar a campamentos mineros. Mi puesto era ingeniero residente, entonces estaba quince días en obra y siete días descansaba.

Primero me tocó ir a una obra en una mina, en la sierra de Lima, donde el cóndor volaba por debajo de ti. Había mucha altura, algo de cinco mil metros sobre el nivel del mar, y es muy complicado adaptarse, pero era joven, era cuestión de tiempo.

No fue tan fácil. Los primeros cinco días no pude dormir por los fuertes dolores de cabeza. Luego de que pasaron los dolores de cabeza me enfermé del estómago, ya que a esa altura este no funciona muy bien. La digestión es lenta y es más probable que algo te caiga mal. Bajé de peso como quince kilos ese mes, pero ya poco a poco los fui recuperando.

En el primer descanso que tuve, pasé toda la semana con Andrea. Nos fuimos conociendo más y cada vez me gustaba más también. Ese fin de semana quedamos en ir a tomar algo y quizás a bailar, esto último fue mi idea. Recuerden que a mí se me hacía más fácil besarme con alguien cuando bailaba y de verdad tenía muchas ganas de volver a besarla.

El sábado la fui a buscar, por suerte ella vivía muy cerca de mi nueva residencia. Nos fuimos a un bar que ella recomendó, era muy bonito y quedaba en un pasaje donde había muchos más. En ese bar había un grupo de rock que tocaba en vivo, así que eso le daba un toque especial al lugar. Comenzamos con unas cervezas, disfrutamos la compañía, la conversación y la bonita música. Yo ya quería besarla desde que la vi, pero tenía que ir con calma, me daba algo de roche aventarme mucho.

Después del buen rato que pasamos en el bar nos fuimos a una discoteca que quedaba cerca. Esta también estaba bonita, recién estaba recorriendo Lima y todo me parecía lindo, parecía que estaba en el lugar adecuado.

Apenas llegamos y, para no perder la costumbre, compré dos cervezas, luego dos más y dos más hasta que tomé el suficiente valor para abrazarla y volver a besarla. Fue un momento mágico, pero sé lo que están pensando. Seguro ustedes dicen: «a este huevón todo le parece mágico, se enamora de cada flaca que besa», pero no es así. Siempre pensé que en cada relación debes darte por completo. Creo que tuve la capacidad de borrar cada experiencia pasada y cada nueva relación empezarla de cero, siempre me funcionó. Cuando empiezas una relación, esa persona no tiene la culpa de todo lo que pasaste con tus otras parejas. La persona que está contigo en ese momento no quiere estar con todas las parejas que tuviste, ella o él quieren estar con la persona que eres tú de verdad, sin traumas o paradigmas. Sé que es muy difícil de lograr, pero por eso es muy importante darse un tiempo cuando terminas sentimentalmente con alguien. Si no lo haces, no te limpias por completo de lo que viviste, sea bueno o malo.

Ese día la pasamos demasiado bien: bailamos, nos besamos, caminábamos de la mano, sentía que ya la conocía de tiempo. Me aventé y le dije que fuera mi enamorada y aceptó. Pasamos un gran año juntos, sentí que en serio era la indicada. Casi nunca habíamos peleado, teníamos muchas cosas en común, todo hacía presagiar que estábamos destinados a pasar el resto de nuestras vidas juntos y, en verdad, así lo pensaba. El siguiente año pensaba pedirle que se casara conmigo, no había más que esperar, ella era la indicada.

Una noche, como cualquiera, la fui a buscar a su casa, entramos a su habitación y nos pusimos a ver una película. En medio de la película, ella me tomó la mano y me miró a los ojos:

—Te quiero contar algo —me dijo algo angustiada.

—Claro, amor, dime.

—He postulado a una maestría y me han aceptado.

—Qué bueno, amor, felicitaciones. Hay que celebrar —le dije, sintiendo mucha alegría por ella.

—Pero la maestría es en Bélgica.

—¿Qué universidad es esa? —respondí con inocencia.

—Bélgica, la maestría es en Europa, pero quiero saber tu opinión. Si tú me dices que me quede, me quedo.

Me quedé callado durante un momento. Por supuesto que yo no quería que se fuera, sentía que era el amor de mi vida, pero no podía decirle que no, no podía quitarle esa gran oportunidad y le respondí:

—Creo que deberías ir, es una gran oportunidad y quizás nunca más se te presente otra vez. Yo estaré aquí esperándote cuando regreses.

Ella me abrazó muy fuerte, me dijo que me amaba y que quería pasar el resto de su vida a mi lado. En un año regresaría para quedarse conmigo y esta vez para siempre. Ella tenía que viajar en un mes, así que ese mes tratamos de pasar el mayor tiempo posible juntos.

Fue un mes espectacular, pero llegó la hora de despedirse. Llegamos al aeropuerto unas tres horas antes para que no tuviera problemas. La acompañé hasta su ingreso a la sala de espera. Fue una despedida muy triste, lloramos mucho. La gente que pasaba cerca de nosotros se conmovía. Cruzó la puerta y ya no pude verla más.

Cuando quieres que el tiempo pase rápido creo que todo el universo se confabula para que no sea así. Los días eran eternos y dolía extrañar mucho. En esos tiempos no había tantas facilidades como hay ahora para chatear o hacer videoconferencias.

Nos comunicábamos por correo, en su mayoría, y muy de vez en cuando por teléfono, pero era muy complicado y caro llamarnos.

Así estuvimos por casi medio año y poco a poco los correos de ella se hicieron más distantes. Primero nos escribíamos todos los días, luego un día sí y otro no, cada semana, cada dos semanas, y todo hacía parecer que el tiempo estaba haciendo su trabajo lento y cruel de hacer que las personas olviden. Estar lejos es lo más complicado que existe, salvo que al menos se vean una o dos veces al mes. Pero si en meses no se ven, te vas olvidando de qué se siente estar sentimentalmente con alguien, te vas olvidando de lo que hizo que te enamoraras y poco a poco vas siguiendo tu vida. Conoces otras personas, otros amigos y te dejas envolver por la rutina, el trabajo y ya casi no queda espacio para tu relación a miles de kilómetros. Creo que eso es lo que nos pasó a nosotros; quizás no estábamos tan maduros como para saber qué era amor y qué una ilusión, en fin... no sé qué pasó.

Un día decidí llamarla, así que me desperté temprano para hablar antes de ir al trabajo, ya que había como doce horas de diferencia. Para mi alegría, atendió la llamada. Creo que se quedó muy sorprendida, porque se quedó callada y, después de unos segundos, me contestó:

—Hola, Juan Carlos, qué sorpresa, ¿cómo estás?

—Bien, por suerte. Hace mucho que no sé nada de ti, ¿tú cómo estás?

Me contó que le estaba yendo muy bien por allá, tan bien que hace un mes le habían propuesto trabajar allá después de que terminara su maestría y aún lo estaba pensando, pero quería conversar antes conmigo.

—¿Y qué has pensado? ¿Vas a aceptar? —le pregunté.

—Creo que... sí.

—Entonces creo que eso será todo, ¿no? —respondí con mucha pena—. Creo que tu futuro está allá y el mío acá, así será complicado seguir.

Después de preguntar esperaba que su respuesta fuera «no», que me dijera que quería seguir conmigo y que veríamos la forma, pero sabía que eso no sería así.

—Sí, tienes razón, creo que sería muy complicado.

Se quedó en silencio y al ver que todo ya estaba dicho, entonces interrumpí ese silencio:

—Cuídate mucho.

—Tú también.

Creo que esta relación no merecía ese final. Después de tantas cosas que pasamos, lo felices que fuimos, esperaba al menos lágrimas, pero no hubo, al menos no de mi parte. Creo que ese distanciamiento ya me había acostumbrado a estar sin ella y solo faltaba hacerlo formal. Me dio mucha pena, pero estaba bien.

Parte 3: Nuevos retos — nuevas complicaciones

Todo lo que pasó me hizo pensar que tenía que dar un cambio a mi vida. Hacía mucho tiempo estaba pensando en iniciar una maestría y creo que ya era el momento, pero no quería hacerla en otro país, quería quedarme en mi tierra. Así que, después de unos meses, me inscribí en una maestría a tiempo completo, para lo cual tuve que dejar de trabajar durante un año y meses.

En esos tiempos, una regla de las maestrías era asistir con saco y corbata, así que tuve que comprarme varios trajes con corbata y todo. También obligaban a que cada uno llevara su laptop y eso sí me complicaba bastante, porque como cualquier asalariado común y corriente, mi modo de transporte eran los buses o combis. Pero llevar todos los días una laptop en una combi se me hacía algo complicado e inseguro, sobre todo.

Me puse a pensar en las opciones y la única forma era comprarme un medio de transporte muy económico. Podía ser una moto, pero me quedó grabada la frase de mi madre: «si te compro una moto también te compraré un ataúd», así que decidí comprarme un Volkswagen Escarabajo del año ochenta. El carro por fuera estaba bien conservadito, pero por dentro era una calamidad: la dirección no estaba muy bien, el medidor de combustible no servía y el sistema eléctrico estaba fallando, entre otras cosas. Sin embargo, me costó mil dólares y en ese momento no tenía más. Recordemos que tenía que sobrevivir un año sin trabajar.

Mis clases de maestría comenzaron en enero. El primer día desperté temprano, me puse el terno, preparé mi maletín con la laptop, bajé todas las cosas a mi vochito, porque mi cuarto quedaba en el tercer piso. Prendí el carro y fui rumbo a mi nueva experiencia. Estaba impaciente por esta nueva etapa en mis estudios, sin duda era un paso muy importante al cual quería sacarle el mayor provecho posible.

A una cuadra de la universidad ya podía ver el ingreso. La decoración y la arquitectura eran muy bonitas, recuerden que era mi primera experiencia en universidades privadas porque mi carrera la hice en una universidad estatal. Pues bien, todo era perfecto, la emoción me embargaba, pasé la garita de ingreso y de pronto mi vochito se apagó. Pensé que no había apretado bien el embrague, volví a encenderlo y ya no quería prender. El problema es que se apagó justo al ingreso y se hizo una gran cola detrás de mí.

Les juro que no sabía dónde poner la cara. Me puse a analizar qué era lo que estaba pasando y lo único que se me ocurría era el combustible. ¿Se acuerdan que mi carro no tenía el medidor de combustible? Pues la única forma era calcular los kilómetros recorridos y, de acuerdo a eso, saber cuánto combustible comprar. Desde luego, algunas personas me insultaron porque los estaba demorando para sus clases, pero dentro de todo hubo personas amables que me ayudaron a empujar el carro hacia el estacionamiento. Cuatro hombres con terno y una chica con su traje sastre ayudándome a empujar un vochito era una imagen digna de fotografiar.

Bueno, después de que el color rojo desapareció de mi cara, por la vergüenza, había que comenzar las clases. Dos de los chicos y la chica que me ayudaron a empujar el carro iban a estudiar conmigo, así que ya tenía mis primeros amigos. El primer día de clases era para darnos una inducción de cómo iba a ser la maestría, darnos los horarios de clases, explicarnos cómo configurar nuestros correos, etc. La coordinadora de la maestría nos indicó que las clases solo eran de lunes a jueves, entonces pensé que ese horario me daba bastante tiempo para poder descansar o hacer otras cosas en mis ratos libres. Al empezar las clases me di cuenta de la triste realidad: si bien es cierto que solo tenías clases hasta el jueves, la cantidad de trabajos y temas que estudiar eran demoledores. El viernes y sábado de esa primera semana tuve que juntarme con mi grupo de estudios para realizar trabajos académicos y el domingo entero lo reservé para estudiar. La cosa pintaba mal y no cambió durante varios meses.

Mi vida ahora estaba dedicada cien por ciento a los estudios, de verdad que no daba para más. Pero el cuerpo es sabio y si solo te dedicas a hacer una cosa, sin descanso, tu organismo no lo aguanta. Comienza el estrés, la depresión, el insomnio y otros problemas. Poco a poco el estrés me comenzó a dominar. Como mi presupuesto era muy limitado, me sentía apretado con los gastos. Además, tampoco tenía pareja y eso me pegó fuerte. Me enfermé, me deprimí un poco y todo eso me obligaba a cambiar un poco mi vida.

Lo primero que hice fue inscribirme en un gimnasio. No saben cómo ayuda el deporte en todos los males. El sudar todas las mañanas me recuperó. Hacer pesas y correr me quitaba todo el estrés, me daba muchas energías para empezar el día. Además, poner mi cuerpo en forma me ayudaba con la autoestima. Fueron tiempos difíciles, pero como dicen: lo que no te mata te hace más fuerte. Y así fue, salí mucho más reforzado después de esta experiencia.

Sin querer, ya habían transcurrido más de seis meses. Lo peor pasó. Con esto no quiero decir que la intensidad de la maestría se redujo, pero ya mi cuerpo estaba acostumbrado a ese ritmo, por tanto, ya no me afectaba mucho la presión. De igual forma, si me preguntaran ahora «¿volverías a hacer la maestría a tiempo completo?» yo les diría que no, no fue la mejor experiencia que tuve en mi vida. Los profesores saben que no estás trabajando y que tu dedicación es al cien por ciento, entonces te recargan de trabajo (creo que sin necesidad) y llevan tu cuerpo al límite. Hubo muchas parejas que terminaron y muchas que comenzaron.

Creo que es mejor la experiencia al hacer una maestría a tiempo parcial, donde trabajas y estudias, porque los profesores entienden que tú tienes otras cosas que hacer y por este motivo ya no son tan bárbaros con la cantidad de trabajos y carga académica para la casa.

Lo mejor de mi maestría fueron los amigos. Al ser a tiempo completo, la convivencia hacía que todos nos conociéramos más y éramos como una gran familia. Cuando la presión de los estudios terminaba, pasábamos muy buenos momentos. Con muchos de ellos mantengo una buena amistad hasta el día de hoy.

Por la convivencia diaria, muchos se emparejaron. Yo también tuve mi historia con una compañera, salimos unas cuantas veces. La primera vez la fui a recoger en mi auto y este me jugó una mala pasada otra vez. Salimos a comer algo y luego nos quedamos conversando en el carro. Fue entretenida la conversación, pero cuando quise prender el vehículo este no respondió.

Esta vez no era el combustible. Con el tiempo aprendí a distinguir cuándo había suficiente gasolina, logré adecuar mis oídos. Sé que es difícil de creer, pero así lo hice. Para saber si mi vocho tenía combustible, lo que hacía era avanzar y frenar en seco, luego me ponía a escuchar en silencio cómo el combustible chocaba contra las paredes del tanque. Eso me daba una buena medida de cuánta gasolina había. Mi carro era más viejo que el tiempo. Alguna vez traté de comprarle un medidor de combustible o arreglar el existente, pero los mecánicos no podían. Me decían que tenían que traer el repuesto de Alemania y eso me costaba como comprarme otro vocho.

Bueno, volviendo al tema: ese día me quedé botado una vez más. Creo que el carro hacía lo posible para hacerme pasar los mayores roches posibles. Por suerte mi amiga Lucía no se hacía problemas, solo se mató de risa por un rato, pero eso fue todo. Tuve que llamar a una grúa para llevarlo a un taller y ahí me dieron la mala noticia de que tenía que invertir para reparar toda la parte eléctrica. Tuve suerte y el mecánico lo echó a andar, eso para mí era suficiente en ese momento. Llevé a mi amiga a su casa y ahí quedó la cita.

La segunda vez salí sin carro, claro. Nos fuimos a tomar y bailar. Volví a usar mi táctica de acercarme poco a poco hasta esperar el momento adecuado para atacar (en este sentido atacar quiere decir besarla), pero en este caso no hubo necesidad de hacerlo. Ella tomó la iniciativa y me besó, aunque me dijo que seguía enamorada de su ex y que aún guardaba la esperanza de volver con él. Lo entendí, no me quedaba de otra, ¿no?

Luego de esa última vez no volvimos a salir. Entendimos que por el momento era mejor dedicarse a los estudios, pero nos hicimos muy buenos amigos. Pasamos muchos gratos momentos en la universidad hasta graduarnos. Después de eso, ella se fue con su familia a Alemania y no volví a verla, aunque hasta hoy a veces conversamos.

Parte 4: Buenas noticias

Cuando terminé la maestría, las cosas mejoraron. Conseguí trabajo casi de inmediato y, al poco tiempo, mi amiga Sandra se mudó a Lima, así que ya tenía con quien salir a juerguear. Es decir, las cosas ya estaban volviendo a la normalidad. Creo que el tiempo que estuve en la maestría me enseñó que lo que quería en ese momento era divertirme, tomar, bailar, viajar y no tener una relación seria porque no iba a ir acorde con mi inmadurez.

En temas de relaciones hay que ser sincero, a veces no nos sentimos preparados para estar con una sola persona o con la suficiente madurez como para llevar una relación seria. En esos casos es mejor decir la verdad. Lo que más duele es cuando te hacen creer que tú estás pensando en una relación seria cuando en realidad no es así. Es más, hay gente que nunca sintió esa madurez sentimental, por eso deciden estar solos toda su vida y bien por ellos. Si eso los hace felices, adelante. Nuestra sociedad aún es muy retrógrada en ese aspecto, no pueden creer que una persona quiera quedarse sola por decisión propia, pero ¿cuál es el problema? Si uno es feliz estando solo, ¿por qué cambiar tu vida? No me parece justo hacer infeliz a un hombre o una mujer por solo cumplir lo que la sociedad dice: que cada persona debe formar su propia familia.

Volviendo al tema, ese era yo en ese momento, no quería saber de relaciones, solo quería divertirme. Mi amiga Sandra comenzó a trabajar en Lima y junto con eso empezó a conocer a muchas personas, entre ellas muchas chicas. Así que cuando salíamos, ella llevaba a sus amigas y la pasábamos súper bien. Salí con algunas de sus amigas, aunque no al mismo tiempo, obvio. Siempre fui muy claro: no quería tener nada serio.

A veces la sinceridad no les gusta a todas las personas, a algunas les gustaba que fuera franco, pero a otras les parecía que era un fresco o pendejo, como quieran decirle. Con algunas de sus amigas me llevé bien, pero otras me odiaron, así que ese círculo de amistad poco a poco se fue cerrando. Sandra siempre me decía que era un pendejo y que ya no me seguiría presentando amigas. Yo solo me reía y la abrazaba cada vez que me decía eso.

Habían pasado casi cuatro meses desde que inicié el trabajo y un fin de semana me llamaron al celular cuando estaba almorzando con Sandra. Era mi amigo Chizo:

—¿Qué tal, locaza? ¿Cómo te va?

—Bien, recontraloca, acá pues almorzando con Sandrita.

—Uy, Sandrita, ¿ya están juntos? Ja, ja, ja —me contestó en tono burlón.

—Ah, estás chistoso. ¿Cómo estás, Chizo?

—Huevón, me voy a casar a fin de año y tienes que venir.

Mi amigo Chizo se iba a casar. No lo podía creer. ¿Quién iba a pensar que el día que salimos con Sandra y Elvia él estaba conociendo al amor de su vida? Colgué la llamada y le conté a Sandra lo que estaba pasando:

—Amiga, nos vamos a Arequipa a fin de año.

—¿Qué pasó?

—Se casa Chizo con Elvia.

—No puedo creerlo, yo se la presenté —habló muy emocionada.

—Sí, así que vas a ser mi pareja de baile porque no pienso llevar acompañante.

—Ya, pues, qué me queda —me contestó y nos matamos de risa.

Sé lo que ustedes deben estar pensando: acá hay algo. Pues les voy dando un *spoiler*: no es así. Sandra era mi mejor amiga, mi compañera, me ayudó mucho en los momentos difíciles, era como una hermana para mí, era una de las locazas.

El tiempo pasó rápido y ya casi era diciembre. Por supuesto, Lalo no se iba a perder este gran evento y viajó desde España. Lo que le importaba era organizar la gran despedida de soltero. Chizo no quería chicas en su despedida, pero no se lo íbamos a permitir.

Sandra y yo viajamos a Arequipa, nos íbamos a quedar una semana por allá, así que se quedó a dormir en mi casa. A los días llegó Lalo y todo el grupo estaba completo. En la noche salimos al mismo bar y luego a la misma discoteca de siempre.

También estaba en la reunión Elvia y brindamos por su nueva historia juntos. Por supuesto, les deseábamos lo mejor del mundo. Tomamos y bebimos como cuando éramos estudiantes en la universidad. Eso te permiten los buenos amigos: te hacen volver al pasado, donde casi no teníamos problemas, más que estudiar y divertirnos.

Ese día conversamos mucho. Cada uno contó cómo le había ido estos años, todo lo que pasamos, momentos malos y buenos, pero nos enfocamos en los buenos. Como es obvio, no le contamos nada acerca de la despedida de soltero, eso quedaba solo entre los hombres.

El viernes quedamos en salir solo los tres. Supongo que Chizo ya se imaginaba qué iba a pasar. Ya todo estaba muy programado, habíamos coordinado con una bailarina exótica para que le hiciera un *show* de una hora, muy personalizado, a nuestro amigo Chizo. Ese día yo llegué temprano al departamento de Lalo para organizar y comprar todo para el gran evento. Lo importante era el trago, porque la señorita bailarina iba a llevar la decoración para el espectáculo.

Chizo llegó a las 9:00 p. m., y la señorita exótica llegó como a las 10:00 p. m. La recibimos Lalo y yo. Noté que se quedaron mirando, y al rato escuché:

—¿Giovana?

—Hola, Lalo, ¿qué ha sido de tu vida?

Para sorpresa mía, ellos se conocían. La señorita bailarina exótica había sido exenamorada de Lalo. Según lo que le dijo ella, tuvo tiempos muy malos y no tuvo mejor idea de ejercer la profesión más antigua del mundo. Bueno... el problema fue que ella ya no quería hacer el baile porque le daba vergüenza quedarse con escasa ropa adelante de su exenamorado. Sonaba algo contradictorio, pero no podíamos obligarla, así que nos quedamos sin *show* para nuestro amigo Chizo. Ni modo, el baile estaba perdido. Afortunadamente la señorita nos recomendó otra amiga, la llamamos y llegó con relativa rapidez. Lo malo era que ella trabajaba siempre con una compañera y todo nos salió mucho más caro de lo que pensábamos, pero todo sea por nuestro pata.

Ese día, aunque no lo crean, nadie hizo algo indebido, pero sí la pasamos muy bien. Bailamos mucho, hicimos el trencito con las chicas, estuvimos por todo el departamento bailando y gritando hasta que nos emborrachamos. Chizo tuvo la despedida de soltero que esperaba. Cuando la pasas bien, las horas se pasan volando.

Pronto llegó el día del matrimonio. Fui con Sandra a la iglesia y de ahí nos fuimos a la recepción. Lalo no tenía con quién ir, así que no se le ocurrió mejor idea que ir con Giovana, la señorita bailarina exótica.

Todos disfrutamos mucho ese matrimonio. Ahí nos dimos cuenta de que ya no éramos unos chiquillos, ahora éramos adultos con nuevas responsabilidades y nuevos retos, aunque también sabíamos que el matrimonio era aún muy lejano para Lalo, Sandra y para mí.

Después de pasar un gran fin de semana, llegaba el momento de la despedida. Lalo se quedaba unos días más en Arequipa y después regresaba a España, pero nos contó que el siguiente año regresaba a Perú y que se quedaría a vivir en Lima, así que eso era una buena noticia. Sandra y yo tomamos el mismo avión a Lima y en el viaje me contó que la empresa donde trabajaba le había propuesto trabajar en la sucursal que iban a abrir en Estados Unidos, así que aceptó. Era una propuesta que no podía desaprovechar.

Me dio mucha pena porque sabía que ya no la iba a poder ver tan seguido como lo hacía, pero siempre estaría en mi corazón. Además, ya había más opciones para comunicarnos o para chatear, así que nos íbamos a mantener siempre en contacto.

Sandra se quedó ese verano en Lima y en abril se fue rumbo a su nueva experiencia fuera del país. Yo sabía que le iba a ir muy bien, era muy inteligente y además era una muy buena chica.

Siempre creí que las buenas personas son bendecidas y tarde o temprano les va muy bien.

Parte 5: Un poco de desenfreno

Bueno, otra vez me quedaba solo, aunque es un decir, ya que tenía muchos amigos en Lima, pero ningún amigo de la infancia. Pasaron unos meses y a medio año llegó Lalo a Lima. Quedamos en salir el siguiente fin de semana y me dijo que un amigo de él también se apuntaba a la juerga. Se llamaba Emilio, era un amigo del colegio que estaba estudiando para ser cura. Ya habíamos salido con él varias veces en Arequipa, pero no sabía que quería ser sacerdote. En Lima él llevaba una vida casi normal, lo único que no hacía era salir con chicas.

Nos encontramos en el departamento de Lalo, compramos un pisco para hacer las previas y de ahí irnos a alguna discoteca. Como era buen pisco, comenzamos a tomarlo puro, en *shots*. Aunque tenía buen sabor, de todos modos era fuerte y poco a poco nos fue emborrachando, así que salimos algo movidos.

Tomamos un taxi y nos fuimos a una discoteca en donde pagabas la entrada, pero todos los tragos adentro eran gratis. Podrán imaginarse lo que significaba eso: fue una borrachera criminal. Yo terminé vomitando cerca del bar, Lalo se quedó dormido en una silla y el único que aún estaba consciente era Emilio.

Una chica que estaba por cerca de nosotros se acercó y preguntó si nuestro amigo Lalo estaba bien, porque lo vio tirado en la mesa. Le dijimos que estaba bien, pero algo mareado al igual que todos. Emilio comenzó a conversar con ella y fue a traer más trago. Yo ya había parado la mano porque si seguía iba a perder el conocimiento. Sin embargo, Emilio y su nueva amiga siguieron y siguieron hasta que la chica se le tiró encima. Él trató de alejarse, pero las fuerzas de ella ganaron. Creo que era el diablo en persona que estaba tentando al pobre novicio y lo logró.

Dentro de mi borrachera hablé con Emilio, le dije que ya era hora de irnos antes de que siguiera haciendo cosas de las cuales se iba a arrepentir y por suerte me hizo caso. Despertamos a Lalo y nos fuimos, ya era suficiente por ese día.

A la semana siguiente volvimos a salir los tres. Apenas vi a Emilio, me maté de risa y le pregunté:

—¿Qué pasó, compañero? No estoy muy seguro, pero creo que los sacerdotes no hacen lo que tú hiciste el fin de semana pasado. Bueno, al menos no en público —dije en tono de burla y seguí con la risa.

—Sí, sé qué pasó ese día, pero creo que eso confirmó mis dudas acerca de seguir con mis estudios de teología. Creo que voy a dejarlos —me contestó algo confundido.

—Pucha, compadre, tómalo con calma, cualquiera se puede equivocar. Aún hay tiempo de remediarlo. Pero si estás decidido a dejarlo, adelante, lo que te haga más feliz. De eso se trata.

Esta vez no cometimos el mismo error, así que ya no tomamos pisco puro. Fue pisco igual, pero lo mezclamos con Sprite. Con algo de alcohol en nuestras venas nos fuimos a una nueva discoteca que estaban inaugurando. El ingreso era gratis, así que teníamos más plata para gastarla en tragos. Ninguno de los tres tenía ganas de emborracharse ese día, ni tampoco de ir en busca de chicas. Sería una noche tranquila, o al menos eso queríamos.

Después de unas dos horas de conversación y risas, nos percatamos de que en la barra había una chica, de unos treinta y algo años, tomando sola y moviéndose al compás de la música. Lalo fue el primero que se dio cuenta y dijo que se iba a acercar a hablarle, pero Emilio lo jaló y le dijo:

—Voy a ver qué me depara el destino, yo voy.

Al escuchar esto, Lalo se volvió a sentar y nos quedamos en la barra observando qué iba a hacer nuestro amigo. Emilio fue directo a donde la chica y empezó a hablarle. Ella sonrió y se quedaron conversando de forma amena. Al poco rato la llevó hacia nosotros:

—Flor, te presento a las locazas.

Ella se rio, como todas las personas que se ríen cuando les dicen que somos las locazas. También preguntó por qué nos decían así y él le explicó toda la historia.

Emilio fue a bailar con su nueva amiga y a la media hora se empezaron a besar, como si el mundo se fuera a acabar y ese sería el último beso que se iban a dar. Él comenzó a hablarle al oído y luego regresó con nosotros.

—Muchachos, me voy. Voy a ir a mi departamento con Flor.

Después de esa respuesta me di cuenta de que Emilio ya no sería un cura. No uno bueno, al menos.

Lalo y yo nos quedamos tomando en la discoteca. Yo me fui al baño y cuando regresé lo encontré con dos chicas. Eran hermanas, una bajita y otra alta. La bajita estaba en una conversación muy entretenida con Lalo y la alta estaba como media aburrida.

Si les soy sincero, yo de verdad quería pasar una noche tranquila. Apenas llegué, Lalo me presentó y se fue a bailar, así que me quedé con una de las hermanas. La más baja se llamaba Yulisa y la alta, María. María parecía ser más calmada que su hermana, pero igual a ambas se les notaba un poco alocadas. Supongo que también eran los efectos del alcohol.

Casi de inmediato, Yulisa comenzó a besar a Lalo y nos matamos de risa con María. Comenzamos a conversar un rato y de manera intempestiva me cortó y me dijo:

—¿No quieres tener sexo?

Yo aún tenía en mi boca un poco de cerveza y al escuchar tamaña frase escupí cerveza por toda la discoteca. Nunca habría esperado la franqueza de esa chica. Creo que todo hombre sueña con que algún día le vaya a pasar eso, pero nunca está preparado para ese momento. Me quedé limpiando toda la cerveza que boté y solo atiné a responderle:

—¿Estás hablando en serio?

—Sí, ¿por qué? ¿No quieres?

—No, no es eso. Vámonos entonces.

Corrí apurado a contarle a Lalo mi gran suerte, pero me di cuenta de que él ya se estaba yendo con Yulisa a su departamento. Entonces lo más lógico era decirle «¡vamos los cuatro!». Por ese tiempo aún no existía la canción Felices los cuatro, porque si no la letra funcionaría de alguna forma para aquel momento. Tomamos un taxi de inmediato, pues no podíamos permitir que se arrepintieran. El departamento de Lalo tenía un solo dormitorio, así que obviamente él se iba a quedar en su dormitorio y yo me iría a su sala.

Al rato empecé a escuchar gritos muy extraños que salían del dormitorio. Escuché golpes y como cachetadas acompañados de gritos que ya no sabía si eran de dolor o placer. Por si acaso, ingresé al dormitorio y vi a Yulisa dándole cachetadas a Lalo en pleno acto sexual. Al ver esa escena terrorífica, cerré de inmediato la puerta. No sabía si estar o no feliz por mi amigo.

Regresé a la sala a continuar mi experiencia con María y también fue algo salvaje, pero, por suerte, sin golpes. Al poco rato, salió Yulisa toda desnuda a buscar agua en la cocina. No sé si para ella era muy natural mostrarse así, pero ni se inmutó al verme en la sala. Solo saludó y regresó al dormitorio de Lalo. Esa noche fue la más rara y espectacular de mi vida. Si había decidido pasar esos años divirtiéndome y haciendo cosas irresponsables, pues entonces lo estaba haciendo bien.

Al día siguiente despertamos como a las nueve de la mañana. Había algo de resaca, así que decidimos comprar unas cervezas para cortarla. Los cuatro nos sentamos medio vestidos en su sala y comenzamos a tomar. Parecíamos dos parejas de amigos que se conocían de toda la vida. El carácter alocado de las chicas hacía que cualquier situación fuera muy divertida; creo que nunca me reí tanto.

Al mediodía nos fuimos a comer un ceviche. Salimos de la mano con ellas, así que parecían nuestras enamoradas. Después de comer regresamos al departamento de Lalo, compramos más cervezas y seguimos tomando, pero a eso de las cinco de la tarde las hermanas nos dijeron que se tenían que ir y así se terminó la mejor juerga que recuerdo.

En esos tiempos, el cuerpo nos daba para hacer desmanes. Tomar dos días seguidos son lujos que hoy en día sería imposible realizar, salvo que quiera morir en el intento.

Después de ese día, Lalo siguió en contacto con Yulisa. Los dos eran un par de locos o locas, pero parecía que se llevaban bien. Aunque no se convirtieron en enamorados, tenían sus encuentros ocasionales de vez en cuando. Yo nunca volví a ver a María, nos escribimos algunas veces, pero ahí quedó. Creo que era una buena chica, pero la experiencia con ella fue algo tan fuera de lo común que creí que debía suceder una sola vez.

Las juergas todos los fines de semana se hicieron comunes, aunque creo que nunca tuvimos alguna experiencia igual a la que pasamos con las hermanas. Nos divertimos mucho. Emilio no salía todos los fines de semana con nosotros, pero igual lo veíamos seguido.

Parte 6: Una gran sorpresa

Un viernes cualquiera llegué del trabajo y me eché en mi cama a ver televisión. Agarré el celular y vi un mensaje, pero era de un número desconocido. Me puse a leer el mensaje y no podía creer quién me había escrito: era Andrea. El mensaje era corto, pero dentro de lo que me acuerdo, en él me decía que había llegado hacía un mes a Lima porque su papá murió. Había decidido quedarse a vivir en Perú y tuvo la suerte de que había encontrado un trabajo en su anterior empresa. De lo que me acuerdo con claridad es de la última frase del mensaje: «ojalá nos podamos ver muy pronto».

Toda esa noche me quedé pensando en ese mensaje, no pude dormir, no sabía si escribirle o dejar todo ahí. La última separación me dolió mucho, así que no quería volver a pasar por eso.

Me preguntaba «¿y si aún siento algo por ella?», «¿y si está casada?». En fin... muchas dudas entraron a mi mente. A los días me armé de valor y le contesté. Nunca me ha gustado quedarme con la espina, no es bueno quedarse con la duda y después estar preguntándome qué hubiera pasado si me encontraba con ella.

Le dije para encontrarnos en un café-bar, al cual yo llegué algo temprano. Si hubiera tenido la costumbre de comerme las uñas me hubiera quedado sin dedos, estaba súper nervioso. Ella llegó unos diez minutos tarde. La pude ver entrar en el local y luego vi cómo se dirigía hacia mí.

Entraron a mi cabeza muchos recuerdos, no podía creer que estaba otra vez viéndola. Creo que esa historia no se había cerrado del todo. La última vez que conversamos estábamos terminando por teléfono y, como les dije, no fue un final justo para nuestra historia. Otra vez estábamos frente a frente. Ambos nos acercamos y nos dimos un fuerte abrazo que duró casi un minuto. Fue un abrazo muy reconfortante.

Nos sentamos en la mesa y comenzamos a conversar. Ella me contó de su vida en Europa, todo lo que pasó allá, su trabajo, sus amigos, de su papá y lo triste que había sido toda esa etapa desde cuando se enteró que estaba mal. Yo también le conté cómo me había ido en Lima, de la maestría, mis amigos, mi nuevo trabajo, etc. Teníamos mucho que conversar, era imposible decirlo todo en unas horas.

Sin darnos cuenta ya estaban cerrando el local. Nos quedó corto el tiempo, pero ¿por qué quedarnos ahí? Le dije para irnos a un bar y le pareció una excelente idea. Nos pedimos un par de tragos, a ambos nos gustaba el cubalibre, y seguimos con la amena conversación.

Después de algunas bebidas, ella me pidió disculpas por cómo terminó toda nuestra bonita relación. Yo solo le contesté que ambos habíamos tenido la culpa. Me tomó de la mano y, casi sin pensarlo, le di un beso, uno de los besos más bonitos que he tenido, sobre todo por lo que significaba: era un beso de reconciliación y a la vez de perdón mutuo.

Ese día me sentí ilusionado otra vez. Pensaba que en esa ocasión sí iba a ser para siempre. Fue el destino o Dios que nos puso ahí otra vez y estábamos aprovechando la oportunidad.

Estuvimos saliendo un par de meses y me di cuenta de que en realidad la quería, pero que ya nunca más podría volver a amarla. No saben cuánto quería recuperar ese amor, sin embargo, ya no podía. Mis gustos ya habían cambiado, yo ya no era la misma persona que conoció. Conforme vas creciendo, vas modificando o adecuando tu forma de ser con tu madurez, y eso hace que tus gustos vayan cambiando. A veces hay formas de ser que te gustaban cuando eras un adolescente, pero cuando eres diez años mayor volteas y dices: «¿cómo pude enamorarme de él o ella?».

Lo mío con Andrea no fue algo tan drástico. La seguía queriendo, era una chica muy linda, pero sabía que ya no iba a estar perdidamente enamorado de ella y eso es lo que yo deseaba sentir por la persona con la que pasaría el resto de mi vida. No era justo para ella seguir en una relación que no tendría futuro, así que un día tomé valor y se lo dije. Ella se puso a llorar, me preguntó muchas veces si estaba seguro, pero por más que quería estar equivocado, le dije que sí, que estaba muy seguro. Nos dimos un fuerte abrazo y ese fue el fin de nuestra historia. Ahora sí habíamos podido cerrar nuestra historia y por desgracia no tuvo un final feliz.

Como les dije, los procesos deben quemarse y yo seguía en mi afán de divertirme. Aún no quemaba esta etapa y, si iba a quemarla, la tenía que dejar en cenizas.

Dentro de los viajes que más recuerdas siempre están los que haces con tu mancha de amigos. Te diviertes un huevo y todas las sonseras que hacen las van a recordar toda la vida. Bueno... había que preparar un viaje. Nos juntamos con Emilio, que ya casi era parte de las locazas, y, por supuesto, con Lalo.

Lo que primó en nuestra búsqueda para nuestro siguiente destino era el nivel de juerga que tenía, buscábamos un hotel que tuviera todos los tragos incluidos. Después había otras cosas secundarias como que tuviera una buena piscina con bar, una discoteca, etc. Habíamos ahorrado bastante, así que era hora de darnos nuestros buenos gustos. Organizamos todo con varios meses de anticipación para que no saliera tan caro. Nuestro viaje iba a ser en septiembre rumbo al Caribe. Todos estábamos libres y sin compromisos y nos mantuvimos así hasta el día del viaje. Lalo seguía saliendo de vez en cuando con Yulisa, pero ellos solo se divertían, así que no había problema.

Yo siempre tuve mala suerte para los viajes, fiestas o eventos importantes. No sé lo que pasaba, pero por arte de magia siempre me enfermaba días antes de estos eventos, es un problema con el que he tenido que lidiar hasta hoy. En fin... este viaje tampoco fue la excepción. Dos días antes me enfermé, me dio una fuerte gripe que me hizo dudar si viajaba, pero al final decidí hacerlo.

Llegamos al mediodía al hotel y yo era el único que tenía una polera, pero ante semejante calor era inevitable quitarse algo de ropa y ponerse más ligero. Para cualquier enfermedad el estado de ánimo influye bastante para curarte. Si estás enfermo y tu estado de ánimo también está bajo, entonces te sientes enfermo al cuadrado, metiéndole algo de matemáticas. En ese viaje decidí que mi estado de ánimo no se enfermaría, así que fui con ellos a la piscina y comencé a tomar, aunque no me mojé.

Conforme seguimos tomando, mi enfermedad iba quedando atrás y también mis habilidades de equilibrio. Cuando estuve caminando al borde de la piscina, para ir al baño, me resbalé y caí completito al agua. Ya adentro no me quedaba de otra que divertirme, así que me quedé en la piscina y seguimos tomando hasta que la noche nos sacó.

Regresamos al cuarto, nos bañamos y salimos rumbo a la discoteca. No dejé que el efecto del alcohol se fuera porque sabía que, si se pasaba, iba a sentir otra vez los malestares de la gripe.

Bajamos de inmediato al bar a seguir tomando hasta que llegara la movilidad que nos llevaría a la discoteca.

La movilidad que contratamos también recogía gente de otros hoteles. Después de unas cuadras de viaje, paró en el último hotel y entraron tres chicas muy guapas que, por el acento, parecían brasileñas. Como Emilio había dejado sus estudios de teología hacía poco, entonces estaba desatado de verdad y de inmediato comenzó a conversarles. Por suerte ellas hablaban algo de español, así que nosotros también nos unimos a la conversación y para cuando llegamos a la discoteca ya todos nos conocíamos.

La discoteca era espectacular, algo que nunca había visto hasta ese entonces. Estaba dentro de unas cuevas, la arquitectura y la decoración merecían palmas. Todos nos juntamos en una sola mesa y nosotros compramos dos botellas de ron. Ese día decidimos que no íbamos a escatimar en gastos para divertirnos, aunque después tuviéramos que regresar nadando a Perú. Tragos, música y muy buena compañía hicieron que esa noche fuera espectacular. Después de varias horas de baile, saltos y gritos, nos sentamos y al poco rato nos emparejamos. Cuando eran más o menos las 6 a. m., todos salimos con su respectiva pareja de la mano. Ese día intercambiamos contactos de Facebook con ellas con la intención de repetir esa juerga, pero no volvimos a verlas. Sin embargo, donde quiera que estén, muchas gracias por haber ido ese día.

Los días de vacaciones son escasos, así que decidimos no quedarnos con un grupo de gente todos los días. La idea era conocer muchas personas y juerguear todos los días. Para mi fortuna, después de ese gran primer día en la discoteca, mi resfriado se fue. Fue como magia, ni Harry Potter hubiera podido detener mi gripe como lo hizo el ron. Ojo, no estoy diciendo que el alcohol cura la gripe, no tengo pruebas científicas al respecto, pero a mí casi siempre me funcionó y esa vez no fue la excepción.

La rutina esa semana fue levantarnos a las diez de la mañana, desayunar, ir a la piscina, tomar todo el día, picar comida cuando nos daba hambre, volver a la piscina y seguir tomando, bañarnos, ir a comer algo, seguir tomando, ir a la discoteca y seguir tomando. Pobre cuerpo, ¿no? Pero no saben lo relajante que es, te olvidas de todo, aunque tu salud no te lo agradecerá. Pero una vez al año no hace mal. Tristemente, después de una gran semana de *relax*, volvimos a nuestras vidas en Lima.

A las pocas semanas de regresar, Lalo se puso mal. Él tenía una enfermedad un poco rara que, cuando le daba, lo dejaba en cama por varios días. Pero esta vez le dio más fuerte que otras veces, tuvo que ser hospitalizado por varios días y, para sorpresa mía, la persona que más estuvo con él en la clínica fue Yulisa. Es más, algunos días se quedó a dormir. De verdad que después de eso se ganó mi cariño y el de Lalo también, así que poco a poco se hicieron más cercanos hasta que se hicieron enamorados.

Después de que Lalo comenzó a enamorarse de Yulisa, dejó un poco las salidas nocturnas y con eso todos nos calmamos un poco. Igual salíamos los fines de semana, pero ya no todos, era una o dos veces al mes. Bueno, después de haber tenido varios años de juerga, creo que ya era momento de enamorarme otra vez. Así que volví a salir con amigas y si alguien me gustaba la frecuentaba un poco más, pero nada serio por el momento.

Parte 7: A cocachos aprendí

Siempre creí que era una muy mala idea salir con alguien del trabajo, porque es muy complicado manejar la relación separada de lo profesional, sobre todo si trabajan de manera directa. Y en las peleas ni qué se diga, en fin... muy complicado. Pero no todo es como uno quiere. La relación de trabajo muchas veces te hace compartir tiempo con una persona, eso puede hacer que comiencen a gustarse y eso es lo que me pasó a mí.

En la oficina había una chica que nos ayudaba con la parte logística. Siempre que conversábamos de trabajo nos quedábamos un rato más hablando de nosotros, a veces en el chat del trabajo. Poco a poco nos hicimos más amigos. Todos los días almorzábamos juntos, lo cual ya nos daba alguna señal de que había un gusto de por medio. Pasamos varios meses en esa rutina, hasta que un día me llamó después del trabajo y me preguntó si quería salir a tomar algo. Siendo sinceros lo pensé, porque ya era avanzar hacia un sitio del que quizás ya no pudiera regresar, pero como yo nunca podía decir que no, acepté.

La fui a buscar. Para esto ya tenía un auto decente con el cual no tenía miedo de quedarme botado, como sí me pasaba con mi vochito. Así que fui hasta su casa, comimos algo, luego me acompañó a dejar mi auto, porque nunca manejé bajo los efectos del alcohol, y fuimos a un bar. Por primera vez tomé las cosas con madurez y ese día solo conversamos, pero fue ameno el momento que pasamos.

Estuvimos saliendo como amigos un buen tiempo. La verdad no me convencía mucho la idea de estar con alguien del trabajo por todo lo que expliqué, pero ella me gustaba y me parecía una buena chica, entonces era complicada la decisión. Después de pensarlo muy bien, preferí solo mantenerla como amiga, así que dejé de escribirle un poco para que las cosas se fueran calmando. Supongo que ella no pensaba igual, pues al ver que yo ya no le escribía mucho, comenzó a escribirme más. Fue más detallista conmigo, a veces me llevaba postres o dulces, se hacía un poco más evidente su gusto hacia mí, tanto que la gente del trabajo comenzó a darse cuenta.

A las semanas me dijo que la acompañara al cumpleaños de una amiga y, ya que éramos amigos, no vi nada malo en aceptar. La fui a buscar a su casa y cuando bajó me quedé con la boca abierta, creo que hasta babeé un poco. Estaba espectacular: su maquillaje, su minifalda, su peinado, todo le quedaba perfecto. Me sentí como un pordiosero a su lado, no pensé que se iba a producir tanto para ese cumpleaños.

Bueno, cuando llegamos al cumpleaños vi que había mucha gente y todas las chicas estaban muy arregladas. Creo que era tradición entre ellas arreglarse así para sus cumpleaños. Ese día mis hormonas me decepcionaron y no se portaron a la altura de un hombre maduro. Desde que la había visto solo estaba buscando la oportunidad para besarla, hasta que a la mitad de la fiesta nos fuimos al jardín y ahí nos besamos. Conforme íbamos tomando más, mis hormonas me decepcionaban también más, y dentro de muchas cosas que nos dijimos le propuse ser enamorados... y toda la estrategia que tenía para evitar estar con alguien del trabajo se fue al diablo.

No puedo negar que la relación con Dayana, así se llamaba, fue muy chévere. A pesar de que era varios años menor que yo, nos llevábamos muy bien. Después del trabajo nos íbamos a pasear y los fines de semana los pasábamos viendo televisión o en el cine. Ella me ayudó a escoger mi departamento, que con mucho sacrificio pude comprar. Claro que tenía que pagarlo en los siguientes treinta años, pero ya era algo mío. Ya en el nuevo departamento teníamos más comodidades para pasar más tiempo juntos. Fueron unos meses de verdad muy bonitos.

Sin embargo, no todo era color de rosa. Con el tiempo me di cuenta de que tenía un defecto que me preocupaba: cada vez que le decía que iba a salir con mis amigos notaba algo en su cara. En los primeros meses ella se lo aguantaba, pero con el pasar del tiempo cada vez daba a conocer más su molestia por esas salidas. Alguna vez me dijeron que para seguir con tu pareja es necesario que puedas aguantar todos sus defectos. Si hay tan solo uno con el que no podrás lidiar por el resto de tu vida, entonces es por gusto, no van a tener un bonito final.

Les digo algo muy cierto: las personas no cambian, pueden acomodarse un poco a ti, pero sus principales defectos los van a tener siempre. Así que, si tu pareja tiene alguna actitud que no te gusta, no tengas muchas esperanzas de que alguna vez dejará de actuar así, aunque ella o él te lo jure de mil maneras.

Tema aparte, como les había dicho, mi amiga Sandra se había ido a vivir a Estados Unidos. Ella me había contado que estaba saliendo con alguien por allá y, después de casi dos años, me dijo que se iba a casar con él, pero en Miami, donde vivían los dos. Por supuesto, tenía que estar allí, así que quería sacar mis pasajes con anticipación.

Conversé con Chizo y Lalo para ir, pero ellos no iban a poder. Lalo tenía un viaje de trabajo por esas fechas y la esposa de Chizo probablemente daba a luz también por esas fechas. Apenas pude, conversé con Dayana para ver si me podía acompañar al matrimonio, de paso que visitábamos Miami. A ella le gustó la idea y juntos sacamos los pasajes. Hasta ahí todo perfecto.

Cuando faltaba una semana para nuestro viaje, Dayana tuvo un problema en el trabajo y ya no podía viajar. Me dio mucha pena eso porque ya teníamos planes para el viaje, pero yo no podía fallarle a Sandra. Entonces le dije que yo sí tenía que ir porque era mi mejor amiga y que ya veríamos otra oportunidad para viajar juntos.

Otra cosa que también escuché de un sabio amigo fue que no conoces bien a tu pareja hasta que te peleas, ahí de verdad verás si pueden estar juntos. No me malentiendan, no tiene nada de malo pelearse, es más, es bueno para que una pareja joven se vaya conociendo. Pero hay muchas parejas que no saben discutir o pelearse y, en realidad, el pelear con tu pareja es todo un arte muy complejo.

En una pelea, los dos no pueden ganar, a veces tú también debes ceder para poder llevarte mejor. Ojo, pero ceder en cosas que tú sabes que podrás aguantar toda tu vida. ¡No te engañes! Ni tampoco a él o a ella. Si contestas amén a todo lo que te dicen tan solo para no pelear, en algún momento reventarás. Cuando pase eso tendrás una pelea titánica que quizás quiebre tu relación.

Volviendo al tema, ese día de verdad conocí a Dayana o cuán desconfiada era. Cuando le dije que de todos modos iba a viajar, se enojó mucho, me dijo que cómo podía ser tan desconsiderado, hasta me dio a entender que yo había tenido algo con mi amiga Sandra, etc.

Otra cosa que también me enseñó la vida a golpes es que cuando estás muy enojado es mejor dejar las cosas ahí, alejarte por un buen rato y volver a tocar el tema cuando ambos estén más tranquilos. Esto evita que ambos puedan decir palabras hirientes que jamás podrán ser borradas, lo cual tarde o temprano termina con las relaciones o mata el amor que sientes. Entonces hice lo que tuve que hacer: tan solo no seguí hablando, le dije que conversábamos mañana. Ella trató de seguir con la pelea, pero me fui y no le di la opción. Algunas personas se enojan más cuando su pareja no quiere seguir peleando y ella era uno de esos casos.

Al día siguiente la busqué para seguir conversando del tema, pero cada vez que trataba de preguntarle por qué le molestaba tanto que yo viajara al matrimonio de mi amiga, ella respondía con excusas y no me daba algo concreto, hasta que entendí que ella era demasiado celosa. Al final le volví a decir que iba a viajar, así no estuviera de acuerdo y ella me contestó:

—Si viajas, lo nuestro se terminó —fue algo que nunca pensé escuchar de ella, pero sin lugar a dudas tenía la respuesta adecuada.

—Ok.

Me fui de su casa y no supe nada de ella hasta que regresé de Miami.

Llegué un jueves para poder instalarme con tranquilidad y pasear un poco antes del día del matrimonio, que era el sábado. Ese mismo día quedé con Sandra en vernos y ahí me presentó a su futuro esposo, parecía una muy buena persona, pero sobre todo se notaba que la quería mucho. Tomamos mucho, ellos querían relajarse porque habían tenido una semana muy complicada con la organización de la boda. Conté muchas de las historias que había pasado con ella y no paramos de reír hasta que nos botaron del local.

El lugar donde se casó Sandrita era un edificio que hace siglos había sido una especie de castillo, era un local de ensueño, ella estaba emocionadísima. Cuando la vi llegar a la iglesia me emocioné mucho, no podía creer que ya había pasado tanto tiempo. Creo que sin ella no hubiera podido lidiar con los momentos feos que tuve en mi vida y ahora estaba allí... a punto de casarse. Por un momento me dio mucha pena perderla, pero es parte de crecer. Ella ahora formaría su propia familia, pero sabía que aun así siempre estaría para mí, así como yo siempre estaría para ella cuando me necesitara.

En la boda su familia lloró mucho, así como yo, pero de felicidad. En la fiesta sobró alcohol y comida, así que para variar me emborraché y terminé besándome con una prima de su esposo. Al menos no se molestaron mucho por el espectáculo, pero ese día había que divertirse y lo hice a lo grande.

El lunes en la mañana tenía mi vuelo hacia Lima. Sandra y su esposo me llevaron al aeropuerto y, después de una triste despedida, tomé el vuelo de regreso. Llegué a Lima casi en la noche, volvía a mi realidad y no sabía con qué cara me vería Dayana en el trabajo, pero yo tuve la culpa por involucrarme con una compañera laboral. Por lo menos no trabajábamos en la misma área.

Al llegar al trabajo no la vi, pero sabía que tarde o temprano se iba a dar el incómodo encuentro. En la tarde tuve que ir a coordinar algunos envíos, así que no me quedó de otra que ir a su área y conversar con ella. Creo que ella no supo separar lo laboral de lo sentimental y me contestó como cuando vas a una entidad del estado y te reciben en ventanilla: a las justas me contestó, pero esperaba que algún día se le pasara, tiempo al tiempo.

Pasaron varias semanas y la *atención preferencial* hacia mí continuó, así que era hora de hablar con ella para solucionar las cosas. El siguiente fin de semana le escribí y le pedí encontrarnos para conversar. Como suponía, ella se hizo de rogar. Primero me dijo que iba a ver si no tenía alguna reunión el sábado y que me avisaría cualquier cosa, pero ya era casi de noche y aún no obtenía respuesta. Pasando las siete de la noche le volví a escribir, me dijo que se había olvidado de confirmar, así que me tragué mi orgullo y le pregunté otra vez si podíamos conversar. Quedamos para vernos a las nueve. Fui a buscarla a su casa y nos fuimos a un parque a conversar.

Otra cosa que aprendí de un amigo es que cuando quieres conversar con tu pareja o con alguien más y sabes que, producto de esa conversación, es probable que se produzca una pelea, es mejor reunirte en un lugar público. Eso hace que ambos se controlen por el miedo a que la gente se quede mirando y así la conversación será más tranquila.

Cuando estuvimos en el parque, le dije que, si bien nuestra relación no funcionó, eso no significaba que debíamos tener un trato áspero en el trabajo, que era mejor para nosotros tratar de llevarnos bien para que eso no afectara también a los demás.

Quizás ella pensaba que le había escrito para tratar de volver y, al darse cuenta de que estaba equivocada, se enojó más. Creo que no comenzó a insultarme porque había gente cerca. Estuvimos horas sentados en el parque y, al ver que no estábamos llegando a alguna solución, preferimos dejar de hablar de nuestra relación y empezamos a tocar otros temas. Eso nos relajó un poco y luego comenzamos a conversar de forma más amena.

Hacía algo de frío en el parque, así que me acerqué con lentitud a ella y nos abrazamos. No hay nada en este mundo que no pueda solucionarse con un abrazo sincero.

En las siguientes semanas el trato entre nosotros mejoró. No éramos los mejores amigos, pero creo que nuestra relación volvió a ser como antes de haber sido enamorados, una relación cordial. A los pocos meses me ofrecieron un mejor trabajo en otra empresa y ella estuvo en la despedida que me hicieron los chicos del trabajo. Esa fue mi corta experiencia sentimental con alguien del trabajo.

Parte 8: Pasó lo que pensé que nunca iba a pasar

Luego de unos años mi amigo Emilio terminó su carrera universitaria, la que había dejado inconclusa cuando inició su carrera hacia el sacerdocio, y obviamente todos nos fuimos a celebrar. Lalo llegó con Yulisa y Emilio llegó con una chica que conoció en la universidad, su nombre era Fátima. Los cinco separamos una mesa y comenzamos a brindar por el gran logro de Emilio. Después de muchos brindis, Lalo nos comentó que ya estaba de enamorado con Yulisa y Emilio nos dijo que se iba a casar con Fátima. Todos nos quedamos sorprendidos, pero a la vez muy felices por nuestro amigo. Poco a poco su vida estaba cambiando para bien, él era muy buena persona y cualquier cosa buena que le pasara de seguro que se la merecía.

Después de casi un año, nos vestimos otra vez de gala por la boda de Emilio y Fátima. La boda fue muy bonita, pequeña, pero con todo lo necesario para que fuera algo inolvidable. Yo me emborraché mucho, como en todas las bodas de mis amigos, pero observaba a Lalo algo nervioso y cuidándose un poco de no tomar de más. Al poco rato veo que Lalo se arrodilló en la mesa donde estábamos, sacó de su saco un anillo y le pidió matrimonio a Yulisa. Todos nos quedamos atónitos. Yulisa saltó encima de mi amigo y los dos cayeron al piso, que, por suerte, era de pasto. En el piso siguieron dándose besos, fue una buena forma de sellar ese compromiso. Definitivamente Lalo robó el protagonismo de los novios por un rato, pero todo sea por el amor, ¿no?

Al día siguiente le conté a Chizo la historia de amor de Lalo, él se mató de risa y tampoco podía creerlo. Es que de verdad nunca pensamos que alguna vez se iba a casar, pero creo que encontró en Yulisa el complemento perfecto. A veces uno se preocupa en encontrar a una mujer supermodelo, alta, con un buen trabajo, etc. De igual forma, las mujeres esperan al hombre alto, bien parecido, con éxito, etc. Pero eso no ayuda en una relación. Lo que más ayuda es tener a alguien que te quiera como eres y con quien principalmente te lleves bien. Recuerda que con esa persona vas a amanecer todos los días. Si pelean a cada rato o si no se llevan bien, tu vida va a ser un infierno. No es importante que tu pareja sea, al ojo de la gente, la adecuada; importa que sea adecuada para ti. La gente no pasará el resto de su vida con ella o él, pero tú sí.

Lalo y Yulisa eran en todos los aspectos muy compatibles, muy diferentes en muchas cosas, pero se complementaban muy bien. Por supuesto, nosotros teníamos que realizar una despedida de soltero adecuada para Lalo. No escatimamos en los gastos, nos fuimos a unas playas al norte del Perú y ahí organizamos algo apoteósico. Nos juntamos con varios amigos de él y juntamos una buena cantidad de dinero. Nos apoyamos en Giovana, la *stripper*, para conseguir a muchas chicas dispuestas a irse fuera de Lima, fue una despedida que cualquier jeque árabe hubiera envidiado. Se lo merecía.

Creo que la vida social de las locazas no hubiera sido la misma sin el *expertise* juerguero de Lalo, pero fuera de eso también era una muy buena persona. Ese día tomamos hasta morir, metafóricamente hablando. La casa que rentamos en la playa estaba destruida por completo, parecía que un huracán había pasado por ahí. Había gente tirada en el patio, en los baños, encima de la mesa. A Chizo lo encontramos en la azotea, creo que por algún momento pensó que estaba en su casa. Subió las gradas, se quitó la ropa, la dobló y la puso al costado de lo que supongo pensaba era su cama y se puso a dormir. En fin... por lo menos no hubo ningún accidente.

La siguiente semana era la boda y esta vez no fuimos tan de gala. El matrimonio fue en la playa y todos fuimos de blanco. Yulisa era algo excéntrica para esas cosas y Lalo la consintió para que la boda fuera así. En la boda, por supuesto, me encontré con la hermana de Yulisa: María. Ella también había llegado sola, así que recordamos viejos tiempos, aunque ambos sabíamos que era solo por esa noche. Dentro de toda la singularidad de la boda, fue una de las más bonitas a las que he ido, digna de buenos chicos como eran Yulisa y Lalo.

Capítulo 7: Mi adultez 2 (aprendiendo a golpes)

Parte 1: Pagando mis pecados

Después del matrimonio de Lalo, me puse a pensar en muchas cosas. Dentro de esas reflexiones me estaba dando cuenta de que el tiempo pasaba y ya todos mis amigos se habían casado, pero yo, sin embargo, seguía soltero, sin pareja, y eso creó en mí cierta ansiedad. Te haces muchas preguntas: «¿por qué no puedo conseguir a la mujer adecuada?», «¿yo seré el problema?», etc. Todos esos pensamientos me llevaron a estar en busca de pareja, lo cual no es muy bueno ya que puedes tomar decisiones incorrectas al querer forzar las cosas. El amor es algo tan complicado que no lo puedes forzar, es algo muy antojadizo, llega cuando tiene que llegar y no cuando uno quiere que llegue.

En mi nuevo trabajo tenía que viajar a menudo. Por esos tiempos, estábamos construyendo un edificio en Tacna, y por lo general viajaba cada dos semanas a supervisar los trabajos. Ahí conocí a una chica que también era ingeniera civil; ella trabajaba en la empresa contratista que estaba ejecutando los trabajos. Era una chica muy agradable, su nombre era Luci, así que poco a poco nos hicimos muy amigos. Los últimos tres meses del proyecto, tuve que quedarme dos meses en Tacna y, como no conocía a nadie, le dije a Luci si podía ser mi guía nocturna en Tacna. Ella aceptó y quedamos para salir el fin de semana.

Yo creo que ambos nos gustamos, así que era más fácil ir siendo cada vez más cariñosos. No demoramos mucho en darnos el primer beso. Ese fin de semana nos vimos todos los días y no puedo negar que nos caímos muy bien. Además, era la única persona que conocía en Tacna, por tanto, nos vimos todos los días que estuve por allá. Antes de que yo regresara a Lima, le dije que quería seguir viéndola, pero como mi enamorada, y así empezamos.

En toda relación los primeros meses son los más lindos: todo es puro amor, ponemos la cara de tontos cada vez que vemos a esa persona que te roba el aliento. En mi caso, mi relación con Luci no se diferenció del común. Los primeros meses fueron muy lindos. Ustedes se preguntarán: «¿y cómo hicieron para llevar una relación estando ella en Tacna y yo en Lima?», pues no fue fácil. Nos veíamos dos veces al mes: yo viajaba a Tacna y ella viajaba a Lima.

Sin pensar, ya había pasado medio año, pero seguir en esa situación era complicado. Extrañas mucho a tu pareja y lo peor es que no se conocen bien, porque al vernos solo dos veces al mes evitábamos cualquier discusión por más pequeña que fuera, por eso parecía la relación perfecta.

El siguiente fin de semana que nos vimos, conversé con ella sobre la posibilidad de que se fuera a vivir a Lima. En la capital había más oportunidades, por tanto, iba a ser mejor para los dos estar allá. Mi plan era que ella se fuera a trabajar a Lima y que comenzáramos a convivir, y si todo iba bien, pensar en casarnos, tener hijos, etc.

A Luci le pareció un muy buen plan. Los dos ya sentíamos el deseo de vivir juntos y yo estaba muy ilusionado con eso. Luci vivía con sus papás, por tanto, tenía que contarles que estaba pensando mudarse a Lima y convivir conmigo. Sus padres eran tirados bien a la antigua. A ellos la idea de que su hija se fuera a Lima a convivir con su pareja no era algo que les agradara, sino todo lo contrario: ellos odiaron nuestro plan.

Como les había contado, en realidad Luci y yo no nos conocíamos muy bien, solo conocíamos la mejor parte de cada uno.

Sin embargo, con las pocas veces que nos vimos, me di cuenta de que ella era una persona muy engreída. Sus papás le hacían todo, cualquier trámite o gestión que tenía que hacer siempre se lo hacía su padre. Pero al estar enamorado, solo miraba lo bueno y a lo poco malo no le daba importancia. Todas las personas tenemos nuestros cinco minutos de cero razonamiento o de decisiones irresponsables y yo estaba a punto de entrar en esos cinco minutos. Se me ocurrió la grandiosa idea de casarnos para que sus papás no pensaran mal y aceptaran nuestra idea de vivir juntos.

Así puse en práctica mi ingeniosa idea. Lo primero que tenía que hacer era buscar un anillo de compromiso y, como no tenía práctica en el tema, busqué ayuda en Lalo. Total, él ya había comprado un anillo para Yulisa. Una noche me encontré con Lalo para tomarnos unas cervezas y ahí le comenté lo que iba a hacer:

—Lalo, me voy a casar.

—¿Qué? ¿Me has dicho que te vas a casar? —contestó muy sorprendido porque ni siquiera conocía a Luci. Sí le había comentado de ella, pero nunca dije que era algo muy serio.

—Sí, huevón, es en serio. Le voy a pedir matrimonio y quiero que me ayudes a conseguir un anillo de compromiso: bueno, bonito y barato.

—¿Estás bien seguro de lo que vas a hacer? —creo que Lalo repitió esta frase muchas veces.

—Sí... estoy seguro —le conté la idea que teníamos con Luci de convivir y que el matrimonio ayudaría a que sus padres acepten que ella se vaya a vivir a Lima conmigo.

—Locaza, no seas cojudo, si quieren convivir, convivan pues, todo chévere, pero no te cases por hacer mejor las cosas. Si los papás de Luci no quieren que convivan, entonces ¡que se jodan! Solo importa que los dos estén de acuerdo, ella ya es mayor de edad.

Le expliqué a Lalo que no solo era por hacer las cosas bien, sino porque la amaba y ya queríamos estar juntos. Él solo me dijo que lo pensara muy bien, ya que el casarse no era cosa de juego. Para que me diera cuenta bien de lo que significaba casarse, me contó una historia de un amigo del colegio. Él estuvo casado por un año y el divorcio lo dejó en la ruina.

El amigo de Lalo se había casado con una chica que conoció por internet. Ella vivía en España, con el tiempo se hicieron enamorados de manera *online*. Pactaron un encuentro en España para conocerse y desde que se vieron todo fue flores, puro amor. Como se dice, hicieron clic. Él quería traerla a Perú, así que decidieron casarse. Ella tuvo que dejar de trabajar, pero al poco tiempo encontró trabajo en Lima como modelo, ya que ella era muy bonita.

El matrimonio lo pagó él. A las semanas de casarse, se compraron un departamento, un buen auto y muchos muebles para decorar el nuevo departamento. Todo esto lo pagó con los ahorros de toda su vida. La buena vida en el matrimonio les duró poco, a los cuatro meses ya querían divorciarse. Su esposa contrató un buen abogado y trató de conciliar con él. Le pidió que le diera la mitad de todos los bienes, es decir, la mitad de todo lo que había comprado después de casarse. Todos los bienes que tenían los compró el amigo de Lalo, y si aplicáramos la justicia, en su esencia, él debería quedarse con todos sus bienes porque él los pagó, ¿no? Pero lo que a nosotros nos parece justo a veces para la ley no lo es.

Según la ley, si es que tú no haces una separación de bienes al casarte, entonces todo lo que se compre después de casarse es de los dos, no importa quién lo pague. Así que, por ley, el amigo de Lalo estaba totalmente jodido.

El abogado de ella, además de darle la mala noticia de que su esposa se llevaría la mitad de todo lo que él compró con mucho esfuerzo, le pidió una indemnización por cincuenta mil dólares para que ella pudiera regresarse a España y rehacer su vida allá. Si el amigo de Lalo no cumplía con esto, su esposa no dejaría el departamento. Él, por supuesto, no quería darle un sol, pero al menos de darle la mitad de sus bienes no podía salvarse.

Ofreció darle la mitad de sus bienes, pero no los cincuenta mil dólares. Ella no aceptó y siguieron viviendo juntos durante casi un año. ¿Se imaginan vivir con el enemigo en el mismo espacio? Según lo que me contó Lalo, fueron los peores meses de toda su vida. Todos sus días estaban llenos de peleas, insultos, etc. Él ya no aguantó más y ofreció darle treinta mil dólares para que se fuera, era todo lo que tenía, y ella aceptó. La economía del amigo de Lalo quedó quebrada, pero se sintió muy bien de ánimo porque al fin pudo respirar aire puro dentro de su hogar.

Lo que me contó Lalo me chocó un poco. Recién me puse a pensar en el paso tan importante que estaba a punto de dar, pero ya le había dado mi palabra a Luci, así que seguiría con mi plan, aunque ya pisando algo de tierra. Fuimos a escoger el anillo de compromiso y encontramos uno que cumplía todos los requisitos. Compré el anillo y estaba decidido a llevarlo el siguiente fin de semana a Tacna.

Llegué a Tacna un viernes en la noche. Nos fuimos a comer y tomar algo con Luci, y cuando se dio la oportunidad le di el anillo y le propuse matrimonio. No hubo muchas sorpresas porque ya habíamos hablado al respecto, pero había que formalizarlo. Aproveché también ese fin de semana para hablar con sus papás. La idea era casarnos dentro de un mes por civil y por religioso en un par de años. Aproveché mi viaje para realizar los trámites que se deben hacer en la municipalidad para programar la fecha del matrimonio.

Viajé a Lima teniendo el día exacto en que me casaría. Conversé con Lalo para que fuera mi testigo y aceptó, aunque a regañadientes, porque no estaba muy de acuerdo. Luci pidió un mes de vacaciones y durante ese mes vino a vivir conmigo. Nuestro sueño hecho realidad, pero todo lo bueno recién comenzaba.

La primera semana viviendo juntos fue espectacular, justo como me lo había imaginado. Pero en la segunda semana, la cosa fue cambiando poco a poco. Luci quería ir a visitar a una tía bien temprano y me dijo que la llevara en mi auto porque no conocía muy bien Lima. Por desgracia no podía llevarla porque su tía vivía en dirección contraria a donde yo trabajaba, así que le dije que no iba a poder, pero que un taxi de confianza vendría a buscarla y también la recogería a la hora que quisiera regresarse.

En la noche, regresé del trabajo y Luci ya estaba en el departamento. Le pregunté cómo le había ido y apenas me contestó. Le hice varias preguntas y sus respuestas eran muy apáticas. Era obvio que algo pasaba, así que le pregunté:

—¿Te pasa algo?

—No, nada me pasa, solo estoy cansada.

No le creí, pero estaba seguro de que cualquier cosa que le hubiera molestado mañana se le pasaría, así que nos fuimos a dormir. Al día siguiente, la dejé durmiendo y solo le di un beso en la frente para no despertarla, pero al llegar en la noche estaba aún más rara; casi ni me habló y se fue al cuarto. Ya no era un chiquillo universitario, así que fui al cuarto y hablé con ella:

—Por favor dime, ¿qué te pasa? Sé que estás enojada por algo. Dime si fue algo que he hecho para no volverlo a hacer, de lo contrario no voy a saber qué pasó.

—Ya te he dicho que no pasa nada, Juan Carlos.

Me respondió y se volteó para dormirse. Esa semana no me dirigió una sola palabra y, bueno... yo caí en su mismo juego; dejé de hablarle también esa semana.

Luci quería ir a conocer Lima el fin de semana, así que me habló para decirme que la llevara a conocer un poco la ciudad y yo le dije que sí.

Cuando estábamos en el auto, aproveché para hablarle y saber qué era lo que había pasado. Suponía que había sido algo grave, ya que no me habló por casi una semana. Le pregunté y ahí recién me explicó: le había molestado mucho que yo no me diera tiempo para llevarla donde su tía. Ella había pensado que yo la iba a engreír mucho y que iba a estar siempre para ella, así como su papá cuando vivía en su casa. Traté de explicarle que yo trabajaba y que en algunas oportunidades no iba a poder llevarla a algunos sitios, salvo algo que fuera muy urgente. Siempre iba a estar para ella en cosas importantes, claro, y en esos casos pediría permiso en el trabajo. Estuve tratando de explicarle todo durante media hora, pero después de que terminé de hablar, solo me dijo:

—No pensé que eras así.

Y se volvió a enojar. Preferí no seguir la pelea para no empeorar las cosas, así que continuamos el *tour* por Lima y no volvimos a tocar el tema.

Para el lunes o martes de la siguiente semana ya se le había pasado el enojo y todo comenzó otra vez a estar bien. Ese fin de semana nos pusimos a tomar en el departamento. Conversamos de muchas cosas y, dentro de esas, le conté de Sandra, cómo nos habíamos conocido y que ella era mi mejor amiga, pero no me dejó terminar la conversación:

—Has estado con ella, ¿no?

—No, ella es como mi hermana —le contesté, algo sorprendido.

—A mí no me engañas. Seguro sientes algo por ella, por eso me hablas tanto de Sandra.

—Sandra es mi amiga y siempre la voy a querer. Es casi parte de mi familia —contesté, algo enojado, porque no sabía qué de malo había en conversar de mis mejores amigos. Tarde o temprano se los iba a presentar y, por supuesto, me gustaría que mis amigos se lleven muy bien con la que sería mi esposa.

—Bueno, yo no quiero conocerla. Deberías quedarte con ella. Mejor terminemos, así ya tienes el camino libre.

Me dejó con la palabra en la boca y se fue a dormir al otro cuarto. Yo me quedé muy enojado e impotente al no saber qué hacer. Fui a la terraza y me quedé tomando solo. Al día siguiente no cruzamos ninguna palabra. Esos días traté de llegar lo más tarde posible a mi departamento para no cruzármela. Era muy feo no sentirte cómodo en tu propio hogar, una sensación que nunca había experimentado y nada bonita.

Pasaron como tres días y ella pidió disculpas por lo que había pasado:

—¿Te das cuenta de que el fin de semana terminaste conmigo? —le dije muy decepcionado.

—Sí... lo sé, pero estaba tomada. No quería hacerlo, pero me sentí celosa de Sandra.

—Tú ya tomaste tu decisión —contesté—. No te dije nada que justificara tu actitud.

¿Cómo sé que esto no volverá a suceder? Esto no es un juego, se supone que queríamos algo serio, por eso pensábamos casarnos.

Al decirle todo lo que pensaba, se puso a llorar y a repetirme muchas veces que la disculpara. Eso, de alguna forma, me hizo sentir mal y mi respuesta esta vez fue diferente.

—Si lo vuelves a hacer, nunca más regresaremos. Decir cosas de borracho no es justificación. Si sabes que no tienes buena borrachera, pues no tomes. Si tú sigues con ese comportamiento, lo único que vas a lograr es que el amor que siento por ti se vaya.

Después de esa pelea, ella cambió para bien y se tornó más cariñosa. Fue la mejor semana que tuvo nuestra relación.

A media semana, Lalo me llamó para decirme que el siguiente fin de semana iba a hacer una parrillada. Me dijo que fuera con Luci, ya que también iba a estar Emilio con su esposa y era una buena forma de que todas las esposas se conocieran. Cuando llegué a la reunión, ya todos estaban ahí. Les presenté a Luci y todos la recibieron con un fuerte abrazo y una gran sonrisa.

Conforme íbamos tomando, la reunión se tornaba más amena. Todo eran bromas y mucha risa, pero como a las dos horas noté que no todos estaban muy cómodos. Luci tenía una cara de pocos amigos. Las esposas de Lalo y Emilio trataban de conversar con ella y hacerla participar en la reunión, pero ella no ayudaba mucho. Esa noche preferí hacerme el de la vista gorda y no le dije nada. Sabía que si le preguntaba qué pasaba, quizás podíamos comenzar una pelea, pero sí traté de hacerla sentir lo más cómoda posible.

Nos pusimos a conversar de cómo habíamos conocido a nuestras respectivas parejas y fue un mate de risa, aunque Lalo y Yulisa, como es obvio, no contaron con exactitud cómo sucedieron las cosas. Eso quedaba para los que habían estado ahí cuando eso pasó.

Luci vio la forma de hablarme, sin que todos se dieran cuenta, y me dijo:

—Yo creo que tú y yo vamos a terminar algún día.

Ese comentario me sacó de cuadro por completo. Estábamos pasando un buen rato con mis amigos... ¿y sin razón alguna me decía eso? La verdad no entendía nada.

—¿Por qué me dices eso? ¿Qué ha pasado? —le dije con un tono de decepción y enojo.

—Es que no me caen tus amigos, y creo que eso, tarde o temprano, terminará lo nuestro.

—Pero... ni siquiera los conoces bien —contesté.

—Tan solo no me caen.

Ahí me di cuenta de que ella tenía un problema o no sabía qué cosa tan grave le hice para que comenzara a actuar de esa forma. Estaba superconfundido y, por supuesto, mi cara me delató. Todos en la mesa comenzaron a preguntar si estaba bien, porque mi cara cambió de repente y eso era notorio. Solo atiné a decirles que me había comenzado a doler un poco el estómago y que era mejor que nos fuéramos a descansar un poco. Lo que les dije quizás lo creyeron las esposas de mis amigos, pero Lalo y Emilio se dieron cuenta de que era algo más. Claro que ese día no me dirían nada.

De camino a la casa no crucé ni una sola palabra con Luci. De igual forma, nos echamos a dormir en silencio. Al día siguiente esperé a que despertara y le pregunté:

—Luci, ¿te acuerdas de lo que pasó ayer? ¿Por qué me hiciste ese comentario en plena reunión y sin razón alguna?

—No lo sé, solo fue algo que pensé en ese momento.

—¿Y no podías esperar a que llegáramos a la casa para conversarlo? —pregunté.

Al hacerle esta pregunta, ella se quedó callada y yo estaba comenzando a entender que mi relación con Luci no iba a ser lo que yo estaba esperando. Nos quedamos toda la mañana conversando del tema. Yo no llegaba a entender sus acciones y ella tampoco entendía qué había hecho mal, así que mucho no pudimos solucionar. Lo más difícil es tratar de mejorar cuando tú no crees que tienes un problema. Creo que su familia siempre quiso hacerle pensar que su carácter era algo normal, que no tenía nada que mejorar en lo absoluto.

Retrocediendo un poco en el tiempo, cuando Luci y yo éramos enamorados y ella aún vivía en Tacna, presencié una pelea que tuvo con su hermana. La pelea fue por una estupidez, creo que su hermana agarró algún perfume de ella sin preguntarle. Ante eso es normal que una persona se moleste, pero creo que el grado en el que Luci se molestó fue absurdo y exagerado para lo que había pasado. Otra cosa que recuerdo de ese día es que Luci fue a decirle a su mamá lo que había pasado, como cuando un niño se queja con su mamá porque su hermano lo molestó.

Comencé a recordar muchas cosas que pude observar en la relación que ella tenía con su familia y estaba seguro de que aún no tenía la madurez como para convivir con alguien y menos para casarse. Pero cuando estás enamorado, es difícil tomar decisiones acertadas, ¿no?

Ese día peleamos mucho. Ella volvió a terminar conmigo. Estuvimos una semana más sin hablarnos, pero el siguiente fin de semana otra vez fue a pedirme disculpas y volvió a llorar. Esta vez traté de ser fuerte y consecuente con lo que antes le había dicho: si volvía a terminar conmigo, eso sería el final de nosotros.

Pero ver sufrir tanto a Luci me dio mucha pena y otra vez volvimos. ¡Mi fortaleza fue una mierda!

Sin querer, ya faltaba una semana para nuestro matrimonio por civil, pero sin lugar a dudas ya no veía ese futuro con tanto cariño. Luci me juró y perjuró que nunca más volvería a terminar conmigo y también me dijo que las cosas después de casarnos iban a ser mucho mejores. Pero era complicado creerle con todos los antecedentes. Creo que Luci era una buena persona, pero también creo que sus padres le hicieron mucho daño al engreírla tanto. La criaron dentro de una burbuja y no estaba preparada para la realidad.

En una reunión familiar en la que estuve en la casa de Luci, su papá se emborrachó y me habló de muchas cosas, esas cosas que solo se dicen cuando estás bajo los efectos del alcohol. Dentro de esas cosas, su papá me contó que cuando Luci era niña, él hacía lo que ella quería. Si ella le decía que se tire al piso, él lo hacía y quería que yo también la engriera en similar grado, pero esa vez entendí que lo decía en sentido figurado. Nunca pensé que era algo literal.

Muchas veces los padres tratan de darles a sus hijos todo lo que ellos piden, tratan de engreírlos mucho, pero no saben que les están haciendo un gran daño, porque cuando los padres no estén, van a pensar que todos los que están a su lado deberán actuar de la misma forma que ellos, y eso no es así en el mundo real.

La psicología de la personalidad es algo fascinante. Un amigo psicólogo me comentó alguna vez que nuestro subconsciente a veces quiere hacer cosas no lógicas o muy locas, pero el consciente filtra esas cosas y al final solo hacemos lo que nuestro consciente permite.

En una relación, por ejemplo, tu subconsciente siempre te va a pedir que busques pelea porque las peleas o discusiones generan adrenalina y eso es algo que le agrada a nuestro organismo. Pero en ese preciso momento en que estás a punto de cagarla y crear un problemón por nada, entra tu consciente, mismo superhéroe, y te dice que no lo hagas. Tu consciente te pregunta: «¿por qué no esperar a decirle eso cuando ella o él esté más calmado?», «¿no crees que es ofensivo lo que estás pensando decirle?», «¿por qué mejor no haces otro comentario?». O sino te da los pros y contras de lo que estás a punto de hacer: «si buscas pelea hoy, pasarán un pésimo fin de semana», «lo que hizo tu pareja no es como para molestarse», «si le comento esto, puede malentenderse y nos podríamos disgustar», etc. Es decir que tu consciente se vuelve tu mejor amigo para lograr que tus relaciones sean más cordiales y no malogres muy buenos momentos en familia con tu pareja o con tus hijos.

A veces las parejas discuten por cosas muy triviales y malogran momentos muy bonitos. Cuando pasa esto, tu consciente te pregunta: «oye huevonazo, ¿en realidad quieres discutir por eso? Mira la cara de tus hijos, mira la cara de tu esposa o pareja. Todos están felices, están pasando un gran momento juntos. ¿En serio crees que vale la pena malograr ese momento o ese día por eso?». Y es cuando nuestra razón debe actuar y escoger qué es lo que debe quedarse solo en el subconsciente. Si lográramos dominar esto, no saben cuán felices seríamos todos. Se puede empezar con algo: la siguiente vez que quieran pelearse por una tontera, piensen en lo que les dije. Si logran evitar una pelea, entonces será el primer paso. La felicidad muchas veces está solo en nuestras manos.

Todo lo que les he comentado es para que puedan entender cómo era el carácter de Luci. El filtro que tenía su consciente era muy bajo o nulo, entonces casi siempre decía y hacía lo que se le ocurría en ese momento. Era muy impulsiva y esas actitudes, por lo general, hieren a las personas que están junto a ti.

Regresando al tema del matrimonio, Luci iba a viajar antes que yo a Tacna, ya que se le terminaron sus vacaciones y yo la alcanzaría allá para casarnos. Conforme se acercaba el día de la boda, mis dudas crecían, así que tenía que conversar esto con ella antes de quizás cometer el peor error de nuestras vidas.

Un día antes de su retorno a Tacna, conversamos en el departamento sobre todo lo que estaba pasando:

—Luci, ¿estamos haciendo bien al casarnos? ¿No crees que es algo apresurado?

Luci se puso a llorar otra vez. Me decía que yo pensaba que nuestra relación no iba a mejorar y que no le perdonaba las dos veces que terminó conmigo. Yo traté de tranquilizarla y decirle que no iba por ahí el tema, solo que quería estar seguro de que estábamos tomando la decisión correcta. De igual forma, no pude esconderle que ahora sí tenía dudas de que ella y yo podríamos llevarnos bien en la convivencia, por eso es que le sugerí que esperemos. Ella no entendía razones, siguió llorando y me pidió, casi me suplicó, que nos casáramos, que no cambiáramos los planes. Pensando más con el corazón que con el cerebro, accedí.

Luci viajó a Tacna. Cuando nos despedimos, el amor se desbordaba por todos lados. Ella me abrazaba y besaba mucho. Por un momento, me hacía pensar que nada malo había pasado entre nosotros y que nuestra relación seguía tan bien como antes, pero eso no era del todo cierto. Tenía muchas razones como para postergar este matrimonio, pero ya teníamos todo programado. Se me hacía un mundo cancelar todo.

Lalo y yo viajaríamos juntos un día antes del matrimonio. Llegamos al aeropuerto a tiempo, pasamos los controles y nos quedamos en la sala de espera. Pero cuando faltaban diez minutos para ingresar al avión, miré a Lalo y le dije:

—No voy a viajar.

—¿Qué? contestó Lalo, pensando que era una broma.

—No puedo viajar, no está bien lo que voy a hacer. Si me caso, me voy a arrepentir toda mi vida. Luci no va a cambiar, no puedo seguir engañándome.

—¿Estás seguro?

—No, pero tampoco estoy seguro de querer casarme, entonces creo que no debo hacerlo.

—Ok, huevonazo, ¿pero no pudiste darte cuenta antes de que entráramos a la sala de embarque? —y se rio—. Es broma, Locaza, está bien, yo también estoy de acuerdo contigo. Estás haciendo bien, vámonos.

Nos fuimos del aeropuerto. Tenía que avisarle a Luci y a mis padres, pero era algo que no sabía cómo hacer. Mis padres entendieron y me dieron la razón, me dieron el apoyo que siempre me han dado, no esperaba menos de ellos. El gran problema fue Luci. Traté de explicarle, pero claro que fue en vano. Solo me dijo que, si no subía en el primer avión a Tacna, me iba a arrepentir. Me dijo hasta de qué me iba a morir. Tuve que aguantar todo por no ser fuerte y decirle en Lima que no me iba a casar, pero no creo que hubiera cambiado mucho su actitud hacia mí. Al final tuve que colgar la llamada porque ya no aguantaba más insultos, escuché lisuras nuevas esa vez.

Al poco rato me llamó su papá y su vocabulario fue aún más florido que el de Luci. Ahí me daba cuenta de a quién había sacado ese carácter. Me amenazó de todas las maneras posibles, hasta que dio a entender que me podía pasar algo malo si no iba a Tacna a casarme con su hija.

Como cereza del pastel me llamó el cuñado de Luci, Félix, un seudoabogado que siempre le hacía los mandados al papá de Luci. Él siempre había sido muy amable conmigo, pero por lo escuchado era hipocresía al máximo nivel. El *abogaducho* me habló de demandas y todo lo que podía pasar legalmente si no me casaba con Luci, pero ya estaba tan cansado de insultos y estupideces que respondí muy enojado:

—Félix, ¿¡por qué no te vas a la reverenda mierda!? —y colgué.

Ya estaba harto. Todo lo que me había dicho Luci y su familia me daba la razón por completo. Me di cuenta de que hice muy bien al no casarme.

Lalo llamó a su esposa y le contó todo lo que había pasado, así que él y yo nos fuimos a un bar donde pude ahogar mis penas. Él les decía a todas las chicas del bar que había terminado con mi novia, así que compañía no me faltó ese día. Al dar la medianoche ya estaba totalmente borracho y Lalo tuvo que dejarme en mi casa, ya que por mis propios medios me iba a ser imposible llegar.

Dormí mucho después de esa juerga. Creo que no había dormido así en mucho tiempo. Fueron algo de doce horas de sueño ininterrumpido. Al despertar, tenía muchas llamadas perdidas de Lalo, pero sobre todo muchos mensajes de odio de Luci y su familia. A pesar de eso, me sentía muy bien.

Me senté en la sala de mi departamento, prendí el televisor y no saben la paz que sentí. Después de ese día, Luci me escribía casi todos los días con insultos, pero gracias a esas actitudes el amor que sentía por ella se fue desvaneciendo con bastante rapidez hasta que sus insultos ya no tenían ningún efecto en mí. Entonces me di cuenta de que eso era el final. ¡Ya estaba bien otra vez! Solo que ahora sí debía tener mucho cuidado con los pasos que iba a dar en mi vida amorosa. No podía equivocarme así otra vez.

Con respecto a este tema, muchos padres hostigan a sus hijos con el asunto del matrimonio: «quiero nietos», «tienes que formar tu familia», «no es bueno quedarse solo». Sé que lo hacen con la mejor de las intenciones, ellos quieren que sus hijos sean felices y la única forma que ellos conocen para que lo sean es teniendo una pareja.

A veces la presión de los padres o de la sociedad te afecta de forma indirecta y tiendes a presionarte tú mismo para encontrar una pareja sin ver más allá de los defectos y virtudes que tenga. El corazón siempre debe ir acompañado del cerebro, si no, este hace lo que quiere y no siempre va a ser algo bueno para ti a la larga.

Lo que he aprendido en mi escasa experiencia es que no todos nacemos para llevar una vida en pareja. Muchas personas son felices conviviendo con alguien, pero hay otras que son felices viviendo solas. Hacer de tu vida lo que te plazca sin afectar a nadie es lo importante. Si decides casarte o estar solo, dependerá de lo que sientes que te hace más feliz. La vida es muy corta como para tratar de complacer a los demás a costa de tu felicidad. Haz lo que quieras hacer, eso sí, siempre sin hacer daño a los demás.

Parte 2: Después de las tinieblas, se hace la luz

Cuando pasas por momentos muy malos, si logras soportarlos, lo que viene después es paz, tranquilidad y el mirar el futuro con esperanza. Las cosas en el trabajo fueron mejorando, la vida social iba muy bien, salía mucho los fines de semana y, de vez en cuando, también me tomaba unas cervezas con las locazas. Comencé a tener relaciones cortas con algunas chicas, creo que ya me había hecho a la idea de estar solo, así que no buscaba algo serio, me dedicaba a mí mismo. A veces uno tiene que ser un poco egoísta y pensar solo en sí mismo, qué es lo que te hace feliz solo a ti y así fue por unos años.

Esos tiempos los recuerdo con mucho cariño. Estar solo sentimentalmente por varios años te ayuda mucho a ordenar tus prioridades y ver qué cosas de verdad quieres en esta vida tan corta que tenemos. Llegué a un punto en mi vida en que me sentí orgulloso de todo lo que había logrado y feliz por todas las personas que conocí, buenas o malas, porque ellas me enseñaron mucho con buenas y malas experiencias. De verdad me sentía muy feliz, también, por todos los amigos que tenía. Creo que mi vida estaba en un equilibrio perfecto.

Como les había comentado en una parte de este libro, nunca dejé que las malas experiencias amorosas marcaran mi vida ni crearan traumas o paradigmas que pudieran afectar mi vida futura. Así que no renegaba del amor, sino todo lo contrario: creía que el amor era algo maravilloso, pero con la persona adecuada.

En una temporada del trabajo, comencé a viajar mucho. Eso me desconectó un poco de mi vida social y, cuando estaba en Lima, siempre mis amigos trataban de invitarme a fiestas para presentarme a todas las amigas solteras de sus esposas. Yulisa, la esposa de Lalo, intentó engancharme con cinco de sus amigas. Aunque la última que me presentó no sé si era chico o chica, preferí no averiguar.

Es chistoso cuando te hablan de alguna chica que te quieren presentar: te enumeran todas sus cualidades, pero les agregan muchos puntos más para que parezca que es la mujer perfecta. Lo mismo hacemos los hombres cuando queremos presentarle un amigo soltero a alguna chica: «es un muy buen chico», «muy trabajador», «tiene un muy buen trabajo», «va a misa todos los domingos», etc. No nos faltan adjetivos al describir a nuestros amigos y, al quererlos mucho, a veces perdemos un poco la imparcialidad.

De igual forma, salí con cinco o seis amigas de Fátima, la esposa de Emilio, pero con ninguna hice clic. No es que me creyera la última Coca Cola del desierto, todas eran lindas chicas, pero no sentí química con alguna de ellas. En este último punto quiero aclarar que, si bien es cierto que no era un creído, sí me quería mucho. Sé que no era un galán de telenovela, pero cuando me miraba en el espejo, me gustaba, ja,ja,ja. Creo que eso es muy importante antes de comenzar una relación seria: tienes que quererte mucho antes de esperar cariño de los demás. No te puedes sentir menos que tu pareja en una relación.

Volviendo a lo que les contaba, un fin de semana que estuve en Lima fui a la casa de Lalo a tomarnos unos tragos. Era algo que hacíamos por lo menos una vez al mes. Cuando llegué a su casa, una chica estaba saliendo. Nos cruzamos justo en el pasillo que daba al departamento de Lalo. Ambos sonreímos y nos dijimos hola. Cuando Lalo abrió la puerta, lo primero que le pregunté fue:

—¿Quién es ella?

—Hola primero, recontraloca.

—Ja, ja, ja, perdón, recontralocaza... Hola, ¿quién es la flaca que salió? —pregunté otra vez entusiasmado.

—Es una compañera del nuevo trabajo de Yulisa.

Al rato salió Yulisa a la sala y comencé a interrogarla sobre su nueva amiga. Ella me habló algo de esa chica. Se llamaba Guiliana, aunque me dijo que no me hiciera muchas ilusiones porque ella no quería tener enamorado, vivía muy feliz sola. Con todo lo que me dijo Yulisa, no insistí para que me la presentara, así que no le di más vuelta al tema.

Pasaron unos meses y, como siempre, Yulisa me invitó a su cumpleaños. Todas las veces que fui estuve solo, por tanto, era una buena oportunidad para encontrarme con su hermana María. Pero esta vez iba a ser diferente, ya que ella estaba de novia y, claro, iba a ir con el que sería su futuro esposo. Para serles sinceros, no quería ir. El día del cumpleaños, Lalo me preguntó si iba a ir y mi respuesta no fue tan convincente. Le dije que iba a tratar y, como él ya me conocía, eso significaba que lo más probable era que no iba a ir.

—¡Tienes que ir, mierda! ¿Qué voy a hacer solo con tantos amigos de Yulisa? —Lalo, siempre con su léxico florido, me dejó claro que no podía faltar. Bueno... por las buenas, cualquiera.

Llegué algo temprano, porque nunca me ha gustado llegar tarde y tener que saludar uno por uno a todos los que asistieron a la reunión. No es que sea algo antisocial, pero la verdad me da flojera. Cuando llegué, solo estaban los anfitriones y la amiga de Yulisa: Guiliana. Quedé algo sorprendido, pero de manera grata. Los cuatro comenzamos a conversar por largo rato mientras esperábamos la llegada de todos los invitados. Guiliana parecía ser una muy buena chica y su físico me gustaba. No podía hablar de su forma de ser en ese momento porque aún no la conocía, pero de verdad quería conocerla, aunque Yulisa ya me había adelantado que iba a ser complicado.

Fueron llegando más personas a la reunión. Entre ellos llegó la hermana de Yulisa con su novio y, por suerte, no sentí la incomodidad que pensé iba a sentir. Las horas fueron pasando y casi toda la noche me quedé conversando con Guiliana. Aún no sabía si iba a intentar salir con ella, pero al menos la estábamos pasando muy bien.

Como toda persona que bebe alcohol, sabemos que después de tomar te da mucha hambre, así que, casi terminando la reunión, Yulisa sacó unos pastelillos que no recuerdo de qué sabor eran, pero lo que sí recuerdo es que estaban muy ricos. Guiliana agarró como tres y los devoró, parecía que no había comido en años. Todos la miramos y nos reímos. Yo me quedé mirando cómo se mataba de risa y fue en ese preciso momento en que dije: ¡quiero seguir viéndola!

Al final de la reunión le pregunté si ese fin de semana quería ir a comer hamburguesas, sospechando que era seguidora del arte culinario. No sé si fue eso o que también quería seguir viéndome, pero aceptó y nos fuimos a comer hamburguesas. Fuimos a un lugar que tenía la fama de vender las mejores hamburguesas de Lima. Seguimos conversando y conociéndonos un poco más el uno al otro.

Al final de la bonita velada la llevé a su casa. Bajamos del auto y, con disimulo, nos dimos la mano. Caminamos hacia su casa y eso fue como cuando los habitantes de Pandora juntaban su cabello en señal de unión; deben haber visto Avatar para entender. Fue como una conexión que nunca había sentido. Ya en su puerta, nos dimos un abrazo y nuestro primer beso. Así comenzó nuestra historia.

No les voy a mentir, no todo fue color de rosa durante nuestra relación. Tuvimos nuestros altibajos. Ambos habíamos estado solos por un tiempo y creo que ya nos había gustado nuestra soledad. Volver a congeniar con una pareja era algo complicado para los dos. A pesar de todas las dificultades, conseguimos congeniar. Considero que mi carácter es fuerte y el de ella también, aunque creo que en menor grado. Sin embargo, muy pocas veces tuvimos grandes peleas. Es algo que no puedo explicar, es como cuando estás juntando piezas que son muy similares; cualquiera de ellas puede hacer funcionar el sistema, pero solo una lo puede hacer funcionar a la perfección. Y así fue.

Todas las cosas que dije sobre el amor, que debes buscar a una persona que te haga ser mejor cada día, que te apoye en las cosas que te gustan, que te valore, que te levante cada vez que te caigas, que quiera a las personas que te quieren, todas esas cosas las encontré.

Estar solo es muy bonito. Como les dije, el hacer lo que quieras sin que nadie te diga nada es, hasta cierto punto, algo muy bueno. Es por eso que quienes elijan ese camino, no se desanimen. Estar solo también puede hacerte feliz, pero si encuentras a una persona que te complementa y repotencia tu felicidad, entonces ese es el camino.

Sin darnos cuenta, ya habían pasado casi dos años de enamoramiento y ahora sí estaba muy seguro de que era la mujer correcta. Así que era hora de comprometerme y formar una familia. Tener una familia propia era un deseo que nunca había pasado por mi mente con ninguna chica, pero ahora sí lo tenía. Supongo que en esta relación ya no sentía miedo, no esperaba sorpresas en mi futuro. Cuando hablaba de mi futuro con Guiliana no lo hacía con frases como «ojalá nos vaya bien», «ojalá no nos peleemos mucho», «si todo va bien, entonces daremos el siguiente paso». No era así. Cuando hablaba de mi futuro, lo hacía con seguridad. Sabía que íbamos a seguir juntos pasase lo que pasase. Quizás ustedes se pregunten cómo sabía eso. Pues no lo sé, solo lo sabía.

Otra vez llamé a Lalo para que me ayudara a encontrar un anillo de compromiso. Esta vez quería comprar algo bonito. No importaba si era muy barato o muy caro, solo quería algo que sea fuera de lo común. En esa oportunidad, Lalo no me dijo que lo pensara bien. Él ya me conocía, así que sabía que esta vez no tenía dudas y él tampoco. Emilio nos dio el alcance, tenía una amiga que se dedicaba a ese rubro, entonces los tres fuimos en búsqueda de la joya indicada. Éramos bien inútiles para las joyas, pero después de recorrer toda la tienda encontramos en una esquina *el anillo.*

El siguiente paso era pedirle matrimonio. Por si acaso, yo sí estaba cien por ciento seguro de que la respuesta de Guiliana sería un sí, si no, no haría la propuesta. He visto tantos casos de hombres con sus enormes peluches o de serenatas en plena calle y, al final, la chica les tiraba las flores, les rompía el oso de peluche en su cara o tan solo les decía que no. Pues yo no era ese tipo de persona. Yo siempre he ido a lo seguro y esta vez no iba a ser la excepción.

Copié en algo mi pedida de matrimonio de un video que encontré en internet. Fui en la noche a su casa, amarré una cuerda larga a su puerta y avancé unos cien metros, llevando conmigo el anillo de compromiso. En el medio de la cuerda había varios papeles con las fechas principales de nuestra relación. Entonces toqué la puerta. Ella salió y me vio a lo lejos, se dio cuenta de la cuerda y la comenzó a seguir. Conforme se iba acercando, los ojos se le iban llenando de lágrimas hasta que llegó al anillo de compromiso y ahí sí se desató el llanto. Llorar es muy bueno si estas lágrimas son de felicidad, así que el día del compromiso nosotros lloramos mucho.

Lo que venía era organizar la boda y no sabíamos en lo que nos estábamos metiendo. No saben el nivel de organización que se requiere para una. Había una lista inmensa de cosas por hacer. Felizmente tuvimos mucho apoyo por parte de la familia y amigos, eso aligeró un poco nuestra carga. Ayudó mucho también que tuvimos como un año para gestionar todo. A pesar de la presión, todo fue caminando bien hasta el último mes, el cual sí fue muy estresante y resalto el *muy*. Ni qué decir de la última semana, no podía dormir y andaba contracturado todo el tiempo por el estrés.

Yo he ido a muchas bodas y la verdad son bastante entretenidas, me he divertido mucho. Siempre estaba contando los días cuando me invitaban. Pero cuando la boda es tuya, créanme que no es tan entretenido. En este último caso, tú eres el protagonista, todas las miradas están puestas en ti y esperas que todo salga muy bien. El invertir tanto tiempo y dinero para que las cosas no salgan como uno las espera es algo que no puedes permitirte.

En la última semana tuve mi despedida de soltero y, aunque no fue tan descontrolada como las anteriores, me divertí bastante. Lo más importante es que me relajé bastante. Fue como tomar una Coca Cola helada en medio de un desierto. Tener esa despedida fue un desfogue a toda la tensión que tenía. Es verdad que terminé borracho por completo y creo que eso ayudó a relajarme, aunque la resaca fue bastante mala.

La boda estuvo muy bonita. Siempre hay algunas cositas que se te van de las manos, pero no fueron notorias, así que todo fue como lo esperábamos y mejor. Lo principal de una boda es que tienes a toda la gente que quieres en una sola fiesta. Fueron todos mis amigos cercanos, Sandra con su esposo, todas las locazas en una misma fiesta y también todos nuestros familiares. Verlos a todos juntos pagó el esfuerzo para ese bonito evento. Cuando pasas todo lo protocolar de la boda, el estrés se esfuma y no sabes cómo te diviertes. Fue algo que nunca olvidaremos.

La convivencia fue muy fácil, creo que ambos sabíamos que no íbamos a tener muchos problemas en entendernos. La vida de casados es muy bonita si es que es con la persona correcta. Es como tener a tu mejor amiga en tu casa. Puedes hacer muchas cosas juntos, como salir a bailar, ir al cine, viajar, emborracharte, ver televisión, etc.

El primer año fue muy bonito, estaba en un momento de mi vida en que me sentía afortunado por tantas cosas que me había dado Dios. Pero el segundo año fue más bonito porque nos enteramos de que íbamos a ser padres y eso nos llenaba de felicidad.

En algunos momentos de mi vida, ya sea que haya estado con pareja o no, me ponía a pensar en qué pasaría si tenía hijos. Amaba tanto mi libertad que se me hacía un mundo imaginarme despertándome en las noches, cambiando pañales, etc. Era algo que se me complicaba mucho. Cuando estábamos en la espera de nuestro primer hijo, todo fue diferente. Esperábamos con ansias su llegada, nos hacíamos muchas ilusiones al escoger su ropita, al decorar su cuarto. Desde la barriga de su mamá, él o ella tenía asegurado mucho amor de sus padres.

A pesar de todo lo que uno imagina acerca de sus futuros hijos, nada se compara con verlo en vivo y en directo. Pensar que la personita que está ahí frente a nuestros ojos es nuestra misma sangre es una sensación de verdad inexplicable. Ahí se te van todas las preocupaciones. No te importa si dormirás de corrido todas las noches, ni tampoco si ahora no tendrás mucho tiempo para otras cosas. Solo quieres llegar a casa pronto para verlo y abrazarlo.

Capítulo 8: Final y comienzo

Cuando me preguntan si me siento exitoso, yo les digo que sí, porque soy feliz haciendo las cosas que me gustan con las personas que más quiero. Dentro de esa lista, claro, están mis padres, mis hermanos, mi esposa, mis hijos y mis amigos. Como dicen, los amigos son los hermanos que tú puedes escoger y yo escogí muy bien a esa corta familia. Mis amigos me acompañaron en cada parte de mi vida. Esta historia no hubiera sido la misma si alguno de ellos no estaba en cada una de esas etapas.

Ciertamente me acuerdo más de los que aparecieron a partir de la secundaria, pero todos ayudaron a que sea la persona que soy ahora y por eso les estaré agradecido por toda la eternidad. Es difícil olvidar las tardes de juegos con mi amigo Gino después del colegio. Era imperdible ir a la carpintería de su papá para inventarnos algo o estar en la calle jugando fútbol o tan solo estar sentados en la esquina viendo a las personas pasar. Recuerdo de manera muy grata mi infancia en la provincia donde nací. Gino me ayudó mucho a construir ese grato recuerdo.

Lamentablemente, hace muchos años que no lo veo. Lo último que supe de él fue que tiene un taller de madera mucho más grande que el que tenía su papá. Me alegra que le va muy bien. Tiene una bonita familia, me parece que ya va por su tercer hijo y él sigue viviendo en Ilo.

A mis amigos del colegio aún los veo cuando estoy por Arequipa. Al popular Heno le va muy bien en el ámbito profesional, pero no muy bien en el amor. Aunque es muy feliz estando soltero, sigue tomando mucho, pero ahora sí compra muy buenas marcas de ron y no esas porquerías que tomábamos en el colegio. Heno no tiene una vida muy ordenada, pero es puro corazón. En uno de esos encuentros que tuvo con alguna de sus enamoradas, tuvo un hijo. Eso sí, él es muy responsable y a su hijo no le falta nada, tampoco su cariño, porque siempre está con él. Son muy unidos. Hace un mes los vi cuando estuve por allá, son igualitos. Solo espero que no siga los pasos de su padre con respecto al alcohol. Espero también que no se gane un apodo similar a Heno.

Eduardo trabajó mucho y hace unos años puso su hotel en una provincia de Arequipa. A él no lo veo mucho porque es difícil coincidir en los viajes, pero sí estoy muy al tanto de cómo le está yendo. En la provincia donde vive hoy en día conoció a su actual esposa y tiene dos lindos hijos. De verdad son muy lindos, se parecen a la mamá. Él siempre fue el bromista del grupo. Podíamos estar tristes por cualquier tema, pero siempre él decía la palabra precisa que nos hacía matar de risa. Se extrañan esas reuniones.

Luis Miguel era el galán del grupo. Estuvo con tantas mujeres que creo podrían formar un nuevo distrito si es que las juntas a todas. Se divorció tres veces, pero ya lleva tiempo con su actual esposa y parece que ahora sí tiene a su media naranja. Felizmente, solo tiene un hijo con su actual esposa. En ese sentido, sí fue muy responsable. Tampoco lo vemos mucho porque se fue a vivir al norte del Perú, pero las veces que hablamos con él se le nota feliz.

Al que veo menos de todos mis amigos del colegio es a Eddi. Él consiguió un trabajo fuera del país casi al salir de la universidad, pero cada vez que viene al Perú tratamos de juntarnos con todos los de la promoción del colegio. Una vez Eddi vino al Perú con toda su familia, una muy bonita. Tuvo dos hijos y se lleva muy bien con su esposa.

Hoy en día es normal escuchar de parejas que se están divorciando. La convivencia no es fácil y muchas veces las personas recién se conocen en toda su plenitud cuando conviven. En lo personal creo que casarse con alguien con quien no has convivido es casi cincuenta por ciento de probabilidad de que no funcionará. Esto dependerá mucho de cuántas ganas le pongan y de cuánta predisposición a aprender día a día tenga cada uno. No saben la cantidad de cosas por las que uno puede pelear en la convivencia, el cielo es el límite: porque no bajas la tapa del inodoro, porque tiraste las medias en el piso, porque eres desordenado, porque eres muy ordenado, etc. Pero mientras uno quiera de verdad poner de su parte para ceder en algunas cosas, entonces estarán bien. Es una negociación diaria en busca de la felicidad conjunta.

Recuerden que cada persona ha sido criada de distinta forma, así que no todo lo que tú hagas en la convivencia de pareja es bueno o malo. Quien decide eso es la otra persona, no hay decisiones unilaterales. Todo se resume en que ambos quieran conversar las cosas. Si alguno de los dos no quiere, están fritos. A pesar de todas las cosas que les he dicho de la convivencia, por suerte tengo muchos amigos cuyo matrimonio va muy bien, otros que más o menos, pero intentan mejorar y eso es lo que vale. Es muy bonito hacer feliz a tu pareja y que de la misma forma tú también seas feliz. Yo en algún momento de mi vida pensé que no se podía lograr, pero me alegra saber que me equivoqué, sí es posible.

¿Se acuerdan de mi amigo Beto? Pues él ya no vive en Perú, se fue a España a trabajar. Le está yendo bien, creo que ya es residente. Él tuvo muchas mujeres en su vida, pero cuando por fin se enamoró de una, esta le jugó muy sucio. Cuando vivía aún acá, se casó. Aparentemente todo le iba muy bien y tuvo dos hijos. El primero se parecía bastante a él, pero la segunda tenía rasgos chinos ¡y él no tiene rasgos chinos! Entonces, ¿estamos de acuerdo de que ahí había algo raro? ¿No? Ella le juró que su bisabuelo era oriental, entonces ya no preguntó mucho más. Hasta que un día, hablando con su hija pequeña, ella le dijo, de una manera inocente, que él no era su papá, que su verdadero papá iba a la casa cuando él se iba.

Él encaró a su esposa y tuvieron fuertes peleas, pero ella seguía jurando que no era verdad. En ese momento quiso poner cámaras en su casa, pero pensó que no iba a funcionar ese plan porque su esposa, al verse descubierta, no iba a volver a encontrarse con su amante en su casa. La última opción que le quedó fue hacerle un examen de ADN a su hija sin que se enterara su mamá, claro, y ya se pueden imaginar cuál fue el resultado: en efecto, él no era el padre de su segunda hija.

Se armó un gran problema. Hubo muchas demandas de ambas partes, pero al final él ganó todas, por suerte. Ahí es cuando decidió irse a vivir a España con su hijo mayor, aunque le dio mucha pena dejar a su segunda hija. Lamentablemente, no podía hacer nada para llevársela porque él no era el padre.

Pobre Beto. Pagó todas las infidelidades que alguna vez tuvo con sus enamoradas, incluida mi amiga Sandra. Pero en verdad no merecía todo lo que le pasó. Ahora no sé si tendrá pareja en España. Hace unos años me contó que le estaba yendo muy bien a él y a su hijo. Lamento que no nos seguimos comunicando mucho.

Con respecto a las locazas, a la mayoría de ellos los veo seguido. A Sandra le va muy bien, formó una empresa con su esposo y juntos trabajan muy duro, pero el esfuerzo les es muy bien retribuido, no se pueden quejar. Ella en algún momento no quiso tener hijos, pero el destino fue medio burlón y le dio tres muy hermosos. Al comienzo sufrió un poco, pero la familia de su esposo la ayudó, así que poco a poco se volvieron expertos en criar hijos y de verdad lo están haciendo muy bien. Por razones obvias no nos vemos mucho, pero cada vez que regresa a su tierra nos encontramos y nos ponemos a conversar como en aquellos tiempos, cuando andábamos misios y solo nos alcanzaba para comprarnos unas empanadas.

Chizo siempre fue el más tranquilo de todos, creo que él era el más familiar de nosotros y así siguió siendo cuando se casó. Es el mejor papá que se puede ser para sus hijos. Él sigue viviendo en Arequipa. Tienen una bonita casa en las afueras de la ciudad, hay mucho campo y vegetación. Cuando quiero ir a relajarme lo visito. Sus hijos ya están grandes, el mayor ya tiene más de doce años. Chizo se casó muy joven, es por eso que su hijo mayor le lleva bastantes años al mío. Creo que lo único bueno de tener hijos tan joven es que no te llevas mucha edad con ellos, por tanto, es más fácil crear vínculos de amistad. Además, tus energías están intactas para correr y jugar con ellos durante su niñez.

Emilio tuvo algunos problemas con su esposa, los primeros años fueron difíciles para ellos. Muchas veces pensaron en divorciarse, pero tenían dos hijos que los incentivaban a mejorar como pareja. Tuvieron que pasar por terapias de pareja, muchos psicólogos y técnicas para mejorar, pero después de mucho tiempo se dieron cuenta de que, si no lo intentaban de verdad y si no le ponían todo el empeño que se necesitaba, por más terapias o psicólogos, el fin inminente sería el divorcio. Lo bueno es que ya llevan unos años bien. Me gusta verlos otra vez agarrándose de la mano o siendo cariñosos cuando están juntos, eso es una muy buena señal.

Cuando las parejas tienen problemas, cada uno debe acordarse de qué cosas fueron las que hicieron que se enamoraran y empezar por ahí para reconstruir su relación. Sé que en un matrimonio hay muchas cosas que se vuelven monótonas, pero solo depende de nosotros que esa llama de amor nunca se apague.

Este libro está dedicado a la amistad, al significado real de esta palabra, a esos amigos que se convierten en parte de tu familia. Un amigo es una pieza clave en el crecimiento de una persona. Un amigo no es una persona que ves de vez en cuando, amigo es el que está en los momentos más importantes de tu vida y siempre forma parte de esos enormes cambios que le das a tu vida. Lamentablemente, no siempre puedes ver a tus amigos con la frecuencia que quisieras, pero sabes que ellos estarán cuando los necesites.

Así fue con las locazas. Siempre estuvimos ahí cuando más nos necesitábamos. Estuvimos en nuestros matrimonios, cuando nacieron nuestros hijos, cuando perdimos a un familiar querido y también estuvimos cuando Lalo se enfermó.

Lalo contrajo una extraña enfermedad cuando estaba a la espera de mi primer hijo. Él estuvo luchando varios meses con esta enfermedad que trató de quebrarlo, pero nunca pudo quitarle su sonrisa característica. Durante su tiempo en la clínica, casi todas las reuniones las hacíamos ahí, para que él también estuviera presente. Como les dije: siempre estuvimos cuando nos necesitábamos y todos estuvimos juntos cuando Lalo nos dejó. Fueron tiempos muy difíciles para todos, pero él siempre quiso que nunca dejáramos de sonreír. Así que después de su funeral, nos juntamos en su casa con Yulisa y tomamos hasta caernos, como en aquellos tiempos.

Siempre tuvimos la tradición de juntarnos para todos nuestros cumpleaños. Hoy era el cumpleaños de Lalo, y nos vamos a encontrar con las locazas para visitarlo en su lugar de descanso. Estoy esperando a mi hijito.

—Apúrate, Lalito, se nos hace tarde.

Lecturas recomendadas

Mis semillas de bambú (Noa Issa)

Peligrosa ingenuidad (Alberto Romero)

Los relatos de Marta (María Alatriste)

EDIQUID

www.ingramcontent.com/pod-product-compliance
Lightning Source LLC
LaVergne TN
LVHW091057150826
845673LV00002B/614

* 9 7 8 6 1 2 5 1 8 4 0 5 4 *